夜幕下的多摩川

お友だちからお願いします

〔日〕三浦 紫苑——著
胡欣 张宝慧 王艺锦 刘文昕——译

江苏凤凰文艺出版社
JIANGSU PHOENIX LITERATURE AND ART PUBLISHING

图书在版编目（CIP）数据

夜幕下的多摩川 / (日) 三浦紫苑著；胡欣等译
. -- 南京：江苏凤凰文艺出版社, 2022.4
ISBN 978-7-5594-6543-6

Ⅰ. ①夜… Ⅱ. ①三… ②胡… Ⅲ. ①散文集 – 日本
– 现代 Ⅳ. ①I313.65

中国版本图书馆CIP数据核字(2022)第002824号

著作权合同登记号　图字：10-2021-280

夜幕下的多摩川

（日）三浦紫苑　著　　胡　欣　等译

责任编辑　周颖若
特约编辑　许　罡
装帧设计　尚燕平
出版发行　江苏凤凰文艺出版社
　　　　　南京市中央路 165 号，邮编：210009
网　　址　http://www.jswenyi.com
印　　刷　北京盛通印刷股份有限公司
开　　本　787 毫米 ×1092 毫米　1/32
印　　张　8.5
字　　数　150 千字
版　　次　2022 年 4 月第 1 版
印　　次　2022 年 4 月第 1 次印刷
书　　号　ISBN 978-7-5594-6543-6
定　　价　58.00 元

目录

辑一 X 微光

おともだちから
お願いします

辑二 X 日常

お友だちから
お願いします

辑三 X 旅行

お友だちから
お願いします

辑四 X 看开

お友だちから
お願いします

前 言

我平时写的文章近乎拙劣，但本书却不同！本书所收录的散文当中，有的是约稿，有的刊登在读者众多的报纸杂志上，因此本书内容可谓我郑重其事写出的作品！这些作品是不是我郑重其事写的，还要烦劳读者朋友惠阅明鉴。

我来介绍一下本书的结构安排。本书结构可以用一句话来概括，即："书中散文描述的都是平时的慢节奏生活"。

辑一收录的是多家杂志的约稿，主题是"微光"；辑二收录的是我曾经在《日本经济新闻》《漫步》专栏中连载过的散文。虽然主题不设限，但由于是一周刊登一次，所以我记得当时为寻找话题煞费苦心。不过，写作过程还是很愉快的；辑三收录的主要是我在VISA会报的杂志上连载过的散文，主题是"旅行"；辑四收录的内容主要是曾经刊登在《读卖新闻》上的关于“看开”的散文。

那么，阅读之旅就此启程。如果您能从中收获快乐，我将倍感荣幸。

お友だちからお願いします

一光

×

辑微

●黑暗中的微小光亮

我不知道夜景究竟美在哪里。

从来没人约我去能够欣赏夜景的浪漫酒吧，所以我只能展开想象："也许和喜欢的人在酒吧里欣赏夜景是一件浪漫的事情吧。"总之，从来没人邀请过我，所以我并不知道夜景究竟美在哪里。

"夜景"一词会让人预感其中蕴含着令人激动的故事。但是，当我从酒店的窗户（是指我出差时所住商务酒店房间的窗户）眺望夜景时，我感叹道："啊，真是灯火通明啊。"这根本无法激起我一丝一毫的浪漫情怀。

夜景大多只有从高处眺望街区才能看到。夜晚，走在繁华的街道上，眼前的风景不能称其为夜景，即便四周灯光五彩缤纷，也不行。

行人、车辆、脚步在远处蠕动。俯瞰夜晚的街道，也就是说，当自己从高处观赏这一切时，黑暗中的灯光才会转化成“夜景”。欣赏夜景时会发现浪漫。我觉得，人性中负面的部分（支配欲、毫无根据的优越感、选民意识等）会从这种感性认识中暴露出来，尽管微不足道。可能正因如此，我才会扼制自己对夜景之美发出感叹。请大家想想 “笨蛋和烟才喜欢高处”这句格言。你有资格俯瞰街区、心荡神驰吗？那些充其量也就是些电灯。

虽说如此，即便我在眺望夜景时反复对自己说“那些充其量也就是电灯”，但眼前散落的无数微小的灯光依旧会勾起我些许的寂寞或哀愁。这也是事实。

到达高处（这里指的是商务酒店的窗户），由于远离地面，因此也就看清了一点：

我们在相互隔绝。

这些散落在人间的无数的光亮，每一处都代表着人们的生活。有人开着灯是为了盼归人；有人开着灯是为了盼团圆；也有人一边与宠物猫聊天，一边独自度过这寂寞的夜晚。这样的故事数不胜数，而这些故事都幻化成灯光，交织成夜景。可是，这一切都很遥远。我们虽然能够眺望夜景，但它毕竟遥不可及，而我们终究无法与那些形成夜景的人接触、交流。这就是我们的宿命。这样想来，我深深感到这夜景就是光影的集结，寂寞、悲哀，却又惹人怜爱。

大概在两年前，有一天，我公寓所在的地区半夜里突然停电了。

尽管如此，我还是贪心地用充好电的笔记本电脑继续工作，当时正值夏季。没有了空调，狭小的房间闷热不堪。我不禁叫苦连天，便从椅子上站起来，摸索着打开了房间的窗户。

蝉在黑暗里鸣叫。这座城市里绝大多数的居民都在酣睡，并未注意到停电。偶尔也有几处房子的大门敞开着，可能是那些熬夜的学生们在确认周围是否全都停电了。

借着夜里的微风，我继续用笔记本电脑工作。此时尿意来袭。洗手间没有窗户，周围漆黑一片。我抱着笔记本电脑，用显示屏的光亮替代手电筒，借着微弱的光亮上了卫生间。电脑放在洗漱台上，旁边的我暴露着下半身，这种感觉怪怪的。我心想，我这是在干什么。

电停了很久，当尿意再次来袭，我终于意识到：对了，我还有手机呢（确切地说是PHS[①]）。我根本不必特意带着很沉的笔记本电脑去卫生间，借助手机屏幕的光线不就行了吗？

我的手机从不出声，这是出了名的。所以几乎没人给我打电话、发信息。尽管如此，我还是带着它，这有什么意义？我常常扪心自问。现在我明白了，停电时它能派上用场。在伸手不见五指的黑暗之中，手机屏幕的光亮还是可以用来壮胆的。

我坐在马桶上，一手拿着手机。

这部手机本来是用来与别人联络的。可现在，我仅仅是借着这青白色的光线照亮了马桶周围。“我这儿停电了，真愁死我了。”我想不出要向哪个朋友或恋人汇报这个情况。因为我本来就不想在半夜里为了这点鸡毛蒜皮的小事吵醒恋人（我还没有呢）或朋友。虽然我很想如此，但不论是否停电，我的手机都不会发挥它本来的作用。手机屏幕的光亮毫不留情地照亮了这一事实以

① 日本的PHS相当于中国以前的“小灵通”。

及黑暗中的马桶。

对我而言，光亮也是隔绝的象征。因为它总是在黑暗中闪亮。

文库追记：我一直在使用PHS，但并没有用过多功能手机[1]，一下子升级成智能手机。当我给PHS的服务台打电话，表明有意终止使用协议时，客服伤心地说道：“为了改善我们的服务，方便的话，能否告诉我一下原因呢？”我已经使用这款手机好多年了。我觉得这种情况下还是实话实说为好，于是我就抛开羞耻，坦白地告知对方：“我想去看偶像的演唱会……而演唱会只有电子门票！（当时我正痴迷于某个K-POP[2]）”对方真诚地回应道：“这样啊……那只能解约了。本公司暂时没有开展电子门票的业务，非常抱歉。祝您在演唱会上玩得开心。”客服和我都洒泪告别。

那位客服或许也是个追星族吧。她的服务充满了人情味。我想，我多年来一直在使用PHS，值了。

---

① 类似于中国以前的翻盖、滑盖、直板手机。

② K-POP 指的是韩国的流行音乐组合。

●一年又要过去了，还是一事无成

我虽然怕冷，却很喜欢十二月里的空气。

一到十二月，我便会待在有暖气的房间里边吃橘子边思考，或是走在人来人往的大街上，心里想着："工作还没做完，今年又要结束了""明年我一定要减肥"。此时，不知为何，十二月里寒冷清新的空气总让我联想到那些崭新的包装纸。它们平整无痕，精美漂亮，手感舒适，图案也令人心情愉悦。

"一年又要过去了，还是一事无成……"想到这些，我难免感到焦虑不安，同时心中也有几分期待，"明年要是也能像现在这样和关系亲密的人一起度过就好了……"因此，我的脑海里便会浮现出崭新而又精美的包装纸。

十二月是送礼的季节，所以这也会使我联想起包装纸来。年末礼品自不必说，还是圣诞节礼物最令人心动。我没有特定的宗教信仰，也没有恋人可以互赠精美礼物，所以最近我对那些在圣诞节狂欢的年轻人充满了羡慕嫉妒恨。

但是，我小时候可不是这样的。小学五年级之前，我毫不怀疑圣诞老人存在的真实性，每年都期待他送来礼物。来我家的圣诞老人也会精心准备一番，不会露出一点儿“马脚”。每年，圣诞老人都会把手套等礼物放在我枕边，同时还会附上一张卡片。卡片上的字迹要么潦草不堪，要么是用当时刚刚上市的文字处理器打出来的（当然，我家当时没有那种最先进的机器，所以圣诞老人大概是用办公室的文字处理器来干私活），要么是从杂志上剪切下来再粘贴拼凑而成的，看上去像是一封恐吓信。

圣诞老人为何如此处心积虑地隐瞒自己的身份呢？当时我没有丝毫的怀疑，每次只会“哇”地大叫一声，满心欢喜。现在想来，我不禁羞得满脸通红，感觉“来我家的圣诞老人和我都像傻瓜一样”。可对于儿时的我来说，圣诞节是最神奇的一天，也是我离奇妙世界最近的一天。

后来圣诞老人谈道："当时你很容易上当受骗，搞得我都下不来台了。"

如前所述，遗憾的是，成年后我和圣诞节基本无缘。每年一到十二月二十四日、二十五日左右，我便开始急得团团转："啊，不行了。今年的工作怎么也完不成了。还有大扫除！什么时候开始打扫卫生？"最终，我没打扫卫生就过了年，这种情况已经持续两年了。也就是说，我住的公寓已经三年没有好好打扫过了。前几天，以前的圣诞老人来到我的公寓，看到惨不忍睹的现状后，摇摇头便立刻回去了。自己每年煞费苦心，做出如恐吓信一般的卡片，并如约送来礼物，结果居然培养出这么一个邋遢人。恐怕圣诞老人也觉得自己严重失算，大失所望了吧。

不过，或许是因为我还记得自己忐忑不安地打开神秘礼物时的那份惊喜，所以现在，当十二月与包装纸印象一起呈现在眼前时，我便兴奋不已，同时也会感到些许寂寞。

虽然我在这一年里总是磕磕碰碰，并不顺利，但总算熬了过来，我终于可以松口气了。我的愿望美好而又简单，就是希望明年也能和关系亲密之人一起努力度过幸福的一年。十二月里的空气清新而又干燥，最适合将这一美好愿望整理打包，埋在心里视如珍宝，或者将它悄悄寄给某个人。

即便一个人生活，我仍然会萌生与他人相识相知的希望和期待。每次联想到包装纸，我就会觉得：十二月真是个特殊的月份啊。

●桧木桌子

恭贺新禧。

我想，此时此刻，或许有人正在服丧，或许有人会说："虽然新的一年到来了，却根本没什么可喜可贺的。"所以失礼了，在此，我只是陈述事实以示问候。恭贺新禧。

虽说如此，但就我个人而言，每次迎接新年，我总感到神清气爽、心情舒畅。或许是因为我觉得有些事情可以重新来过的缘故吧。可事实上，我未曾重新来过。

我感到些许寂寞。可是我想，尽管有很多工作与约谈留到了新年，尽管悲伤和寂寥难以释怀，但是新年来临这件事本身就是一个体系（或者说是一种轮回），令人感到神清气爽，可喜可贺。

尤其是今年，是兔年！动物当中，我最喜欢兔子。这机会十二年才有一次，所以我买了兔年的装饰品、邮票等一大堆和兔子有关的商品。其实我只是以“为新年做准备”为名来满足自己的购物欲罢了。

小时候，我养过一只兔子。到现在我还常常想起抱着它的感觉。手感光滑柔软，皮毛下面是温暖的身体。虽然我养了它好几年，但也许是因为它被我抱着的时候仍会感到紧张的缘故，我能够感受到它剧烈的心跳，以及生命的分量和温暖。

如今我独自一人生活，没有动物相伴，感受不到其他生命的温暖。可是，我有一张桧木桌子。这是我在撰写与林业相关的小说时，为我的采访提供很大帮助的三重县尾鹫市的朋友送给我的。

家具、地板、柱子。在我们的生活中有许许多多的木制产品。可是，在调研林业之前，我觉得自己的潜意识里并没有实际感受到这些木制产品原本都是生长在某处的树木。

现在，我的认识发生了些许变化。

林业工人在陡峭的山坡上伐木。他们想象着多年以后会出现这种光景，于是种下树苗，除草剪枝，守护它们生长。最终，树木成材，之后被加工成产品，装点并支撑起我们的生活。

轻轻触摸桧木桌子，我感觉手指像是被吸附在桌面上，有时会感到丝丝凉意，有时也会感到些许温暖和光滑。刻在上面的年轮带有淡淡的粉色。桌面的花纹独一无二、浑然天成。以前，这棵树长在山里并经受风吹雨打；现在，它被做成桌子之后，依然能对温度和湿度做出反应，并继续静静地呼吸。

种植这棵桧树的人或许早已不在人世。树木成材需要足够的时间。不过，多亏山里那些林业工人的精心照料，它被种下之后，又过了好几十年，最终成为一张桌子来到了我身边。算上加工和搬运，一件产品凝聚了无数人的心血。

一想到这些，“要好好珍惜这张桌子”的心情便油然而生。虽然嘴上这么说，我却经常把茶水洒在上面，或是因为写字用力过猛，所以在桌面上留下了痕迹。但我转念一想，这正是“我和你（指桌子）一起生活”的见证，不禁心生怜爱之情。

现在我担心的是，我去世以后，这张桌子该何去何从。树木在生长期间就已经存活了很长时间。加工成产品后，它远比人类长命。希望我死以后，还会有人珍惜它。

生产、使用产品，就会与他人发生关联。看到林业工作的现场，我再次感受到这一无可争辩的事实。

一件产品即便是大量生产，即便不由天然素材制成，其背后必定有参与制造、搬运、销售的人们在努力。也许它是由机器乒乒乓乓地制造出来的，但即便如此，还会有制造机器、操作机器和管理机器的人。

通过某件物品，我们和他人联系在了一起。我要努力铭记那份坚强和些许的温暖，同时在拥有桧木桌子和兔子商品的房间里，享受放了年糕的猪肉酱汤。

●关于狗的一些思考

迎接新年时，我本应立下远大的目标。但此时此刻，我脑子里想到的、想做的竟是“打扫房间”“减肥”“养狗”和“休息”这些事。

房间需要好好打扫；想减肥的话，只要管住嘴迈开腿就行。但我生性懒散，还不太自律，这些都体现在我的生活态度和体形上了。有这么一个懒惰的主人，狗也真够不幸的。主人从来不带它出去散步，眼看它那臃肿的体形都快赶上我了。

所以，新的一年里，估计我还是养不了狗，身体还会不断变胖，房间依旧脏乱不堪。关于最后那个“想要休息”的愿望，我想（对自己）说的是，实际上我一直都在休息，所以房间才会脏乱不堪，我才不会去锻炼，即便脑子里幻想着养狗，我也不出去散步。

新年伊始，令人心旷神怡。此时，大谈特谈自己的欲望是否不太妥当？“希望全世界的人都能……”，朝着这一方向多多许愿如何？

我想不出来“……”这部分要填充怎样的内容。虽然我没有养狗，但为了让自己散散步，我走出家门，来到了室外。

我家附近有一个公园，那里有专门遛狗的地方。我觉得既然是公园，就应该让狗随心所欲地自由活动。可最近，人们似乎只能牵着狗在围栏内溜达了。这样一来，就降低了人突然被狗咬伤的风险，所以对于那些时常被狗咬伤的人而言，这自然是大快人心之事，但狗对此会做何感想呢？

出于好奇，我常常在散步时顺便去公园看人们遛狗。因为隔着围栏，所以不用担心被咬。大大小小、各种各样的狗正兴高采烈地在草坪上跑来跑去。有没有狗正在交配呢？虽然每次我都提心吊胆地仔细观察，但至今还没见过。它们只是多次相互闻闻屁股而已。不知是因为主人给它们做了绝育手术呢？还是因为主人不把正在发情期的它们带出去遛呢？抑或是因为主人常常劝说它们不要这样做呢？真相不得而知。

虽说狗的活动场所受限，但它们看上去似乎并没有什么不满。我想，或许我们都一样。尽管我有护照，但我也只是在自家周边走走而已。也可以说，就算可以遨游太空、探索海洋，人类和狗终究还是被困困在头盖骨这所“监狱”之中，固定思维限制了行动范围。

今天，公园里来了一只波索尔犬。托尔斯泰也养过这种犬种优雅的狗。它体型巨大，身高可达成年人的肚子。即便在它脚边跑来跑去的博美犬[①]大声嚎叫，它也只是稍稍转动一下自己的长脸，非常温顺。

博美犬和波索尔犬是如何互相了解的呢？“这栋两层楼的房子呆呆地立在这儿，真挡道。”“那三轮车跑来跑去的，声音吵得慌。”是这种感觉吗（从体型来看，这两只狗的差别也很大）？还是它们通过气味和叫声来判断是否是同类：“莫非你我都是人类起名叫‘狗’的生物？”

不，生物和生物之间也许本来就只有“凭感觉判断双方是否投缘”这种模糊的标准。不论是高度上有着天

① 博美是一种小型犬。

差地别的富士山和高尾山[1]，还是狗和猫，总之，也许只要感觉对了就行。我还觉得，人因为获得了语言能力，所以就会认为："只要运用语言来表达，理应能够互相理解。"人类被这种幻想所愚弄，因此也就无法像狗那样与同类友好相处。

那么，"语言"究竟算什么呢？赤身裸体、满地打滚、通过互相闻对方的气味来交流，人类也这么干，不也挺好吗？最终，再发生关系。

……我这是在说什么呀。从公园回来，我看了一眼还未完成的文章，想到了一件事情："对了，我一直在考虑要写一条适合新年的标语。"

"希望全世界的人都能'坦诚相见'。"

这很难做到。我自己就无论如何也做不到。若要"坦诚相见"，就需要减肥，要瘦到能在别人面前脱掉衣服展示自己的程度。

所以，我强烈地预感到，新的一年，我又会不厌其烦地控制体重（明知会输，有时也要参与较量）；我还

① 高尾山位于东京都八王子市，海拔 600 米左右。

认为："语言实在是很难沟通。"而这一年里，我也会一直努力尝试与这些挑战和观点妥协。

追记：几天前，我散步时又顺便去了公园。我朝着遛狗地点望去，终于看到了！有一只毛发浓密的吉娃娃正在挑逗一只体型与纪州犬相仿的日本狗。

吉娃娃长不大，长相永远像小狗崽儿，它也会发情？……（应该会吧）日本狗和吉娃娃之间的个头差异犹如平房和三轮车之间的差距，可它们是如何辨别对方是同类的呢？我的脑海里飘过一连串问号，也像吉娃娃一样兴奋起来（声明一下，我可不是性欲方面的兴奋，而是渴求知识的兴奋）。我翻过栏杆观察事态的发展。

那只日本狗（母狗）貌似很烦吉娃娃。那感觉就像是"有只烦人的蚊子在一旁骚扰"。吉娃娃要挑逗日本狗时，日本狗就晃动身体将吉娃娃从身上抖落，或是小跑着躲开它。可是，吉娃娃却不肯放弃。日本狗一坐下来，吉娃娃看准时机压在它背上，奋力抖动腰肢。

但是，由于它们体格相差太大，吉娃娃以为自己压住了它，但从一旁看去，它只是紧紧抱住了日本狗的背而已。我见过猴妈妈任由小猴子紧紧贴在背上自己坐在那里吃红薯的样子。日本狗和吉娃娃的姿势就是那种感觉。

喂，吉娃娃呀，你那关键部位好像根本就没有碰触到日本狗的关键部位啊……虽然我心里在跟它这么说，但吉娃娃还是拼命趴在日本狗的背上抖动着腰肢。只见日本狗的表情像是在说“算了，随你便吧”，坐在原地呆呆地望着远方。

如果用人类来打个比方，就像是男人在后面拼命扭腰，而女人却不耐烦地说“够了够了，你连地方都搞错了”，还挖着鼻孔。让人一点儿都兴奋不起来吧……看见吉娃娃努力做着无用功的样子，我不由得擦了擦眼泪。

吉娃娃和日本狗都沉浸在截然不同的自我世界里，而它们的主人却羞臊得无地自容，令我印象深刻。每次两人竭力想把两只狗拉开，可在吉娃娃旺盛的性欲面前却败下阵来。

吉娃娃是一种观赏犬，这是谎言。我见识到了吉娃娃那放纵野性的潜力。

●银座的电梯

对我而言，银座是一条令人兴奋、人头攒动、热闹非凡的大街。而且，打我小时候起，它就是一条“有着新的偶遇和新奇电梯”的大街。

即便升入了小学高年级，我每晚还是和毛绒玩具一起入睡。床边的墙壁上挂着父亲为我制作的吊架，上面摆放着我喜爱的毛绒玩具。我悄悄地给它起了个名字，叫“动物村”。上面摆放的毛绒玩具都是动物村的成员。睡觉前，我会指定其中一个和我一道钻入被窝。

要说这些成员是在哪儿物色的，就是在银座的博品馆[①]。当父母问我：“生日时想要什么礼物？”我答道：“毛绒玩具！”于是他们就带我去了博品馆。

这家玩具店的造型设计和商品种类俘获了万千童

① 博品馆是日本的一家大型玩具商场，总部设在银座，从地下一层至四层都是玩具销售柜台。

心。一楼中央有一座玻璃电梯，周围是螺旋状的楼梯，有一种未来之感。它提升了玩具的魅力和各个楼层独特的氛围。

这里毛绒玩具的种类也有所不同。除了那些常见的毛绒动物外，还有毛绒兔子、毛绒熊等等。面对这些我从未见过的毛绒玩具，我每次都十分苦恼，不知该选谁。我们动物村的毛绒玩具当中，河马、考拉和灰色的小狮子等均来自博品馆。我给它们起了名字，分别叫小河马、小考拉、小狮狮。可要命的是，我在起名上没什么天赋。

我感觉，在博品馆购得的这些毛绒玩具就像是有生命的朋友。我还时常想起，自己曾经多次与它们交流，对它们倍加珍惜。对孩子们而言，博品馆充满乐趣和喜悦。那里就是梦幻般的存在，即便是没有生命的物品，也能在那里遇到重要朋友。

成年后，为了打发约会等人的时间，我常常信步走进“资生堂画廊[①]”。

---

① 资生堂画廊始于 1919 年，每年举办 5 次左右，主要以介绍现代美术为主。

在这里，电梯楼层的按键就像以前的老式电话一样，呈圆形排列，非常讲究。楼梯狭窄，人们有意将光线调暗，给人一种“漂亮的产道”的印象。我不知道这条产道里面是否漂亮，但它隔绝了车水马龙的喧嚣，恰如其分地引导观众们平静地与作品进行面对面的交流。

在画廊里，我偶然看到米田知子的摄影照片，便被那充满静谧和紧张感的画面深深吸引。我无法忘记它的美，后来我还用它做了自己书的封面。

谁都能够轻松愉快地来到资生堂画廊，与作品来一次不期而遇。这里总能给人刺激、兴奋与快乐的感觉。这里的电梯和楼梯就像是一条通往灵异世界的通道，把人们引向那里，又从那里返回现实世界。

在银座，还有一点令人印象深刻，那就是坐落在“银座苹果体验店”的电梯。两部电梯并排设置，电梯自动设定为每层必停、电梯之间也相互错开。也就是说，当你想乘坐电梯时，根本不需要按上下按键，也不需要按你想去楼层的按键。

第一次乘坐这部电梯时，我有点不知所措，并且还纳闷：“怎么没有按键?！”当我得知只要坐上就行，便对它无比佩服，感叹："真不愧是电脑公司，高科技啊。"

我钦佩的方式毫无科技感可言。我对机械一窍不通。虽然我一直很喜欢用Mac电脑[1]，但可以肯定的是，我连其配置中百分之一的功能都没能熟练掌握。所以我常常因为电脑坏掉或出现问题而惊慌失措地冲进苹果体验店。

苹果体验店的店员不但热情，对电脑也了如指掌。

"我明明是和往常一样操作的，之前也没出过什么差错，可刚才突然就死机了。是哪里坏了呢？"

店员倾听我不得要领的抱怨，不时轻声回应，并且很快为我解决了问题。每次我都惊叹不已："您是神吗？这么厉害。"

我去苹果体验店时，大都怀着悲怆的心情。"能马上修好吗？修不好的话，我的工作就……"我胡思乱想着，拖着笨重的电脑上了电梯。因为不用按按键，所以行李再多，我也毫不费力。

① Mac电脑是苹果公司的一个电脑品牌。

而且，当我抱着修好的电脑再次坐上电梯时，心情别提有多舒畅了。我想，苹果体验店那部功能先进、设计独具匠心的电梯，正是象征着热情而专业的店员。

在博品馆、资生堂画廊、苹果体验店，可以获得“愉快而难得的体验”。在那些地方乘坐电梯时，我能感受到与每座建筑的功能相匹配的周到用心与安排。

我觉得，这些也体现出银座这条大街本身的特点。乍看上去，它外表光鲜、明亮、稳重，但其内部每一层却都隐藏着不同于日常生活的异度空间。

来到银座的人们都会乘坐建筑里的电梯，展开一次小小的异度空间之旅。任何一座建筑的任何一层，都有一个快乐的世界。所以，再次乘坐电梯回到地面、走到大街上的时候，人们的脸上会洋溢出快乐的表情吧。

有关银座的记忆和电梯一起，深深地印刻在我的心里。

●陌生人的善意

十多年前，我每天早上都会乘坐小田急线的电车去上学。

一天，当电车快到终点站新宿时，开始减速行驶。这是因为前方电车拥堵，导致我乘坐的电车无法进入站台。车内拥挤不堪，竟无立锥之地。我看完车厢广告后，就只能呆呆地等着电车进站。

我偶尔会站在车门旁边。此时，我会隔着车门的窗户向外眺望。我看见面朝铁路沿线建造的住宅的庭院里种有树木；堤坝状的道路一旁，草丛青翠欲滴。

我还看到了一样神秘的东西，像是一座石佛（？），摆放在新宿南站附近，朝着新宿站方向的铁道左侧路旁。石佛约有40厘米高，形状酷似镰仓时期的佛像，脸的比例之大几乎占满了全身。把它想象成达摩即可。但从相貌来看，又像是摩艾石像[1]。

这石像外表细腻光滑，肯定不是出自外行之手，可这真的是佛像，还是南方的驱魔神器之类的东西？说起来，究竟是谁，出于什么目的，把石像放在铁道旁（显然，这里是小田急电气化铁道的用地）的草丛里了呢？我满腹狐疑地望着这座神奇的石像，而石像也在看着来来往往的电车。

如果这趟电车不减速行驶，那么就很难发现石像。因为它有一半身子都淹没在草丛里了。而且，即便像平常那样，在电车里抓着吊环站立并向窗外眺望，也发现不了石像。因为石像被直接放在地上，所以它有点偏离视线范围。

只有在电车缓慢前行时，我才能透过车门的窗户看到石像。由于它的模样很像摩艾，所以我给它起名叫作小摩。每次看到小摩，不知怎的，我总感觉会有好事发生。最终，原本电车缓慢行驶会令人焦躁不安，但现在我却盼着电车减速，心想："我可以见到小摩啦。"

---

① 复活节岛的巨人石像。

过了一段时间以后，有一天，我猛然发现，小摩不见了踪影。或许是因为它生长在南方，忍受不了冬天的严寒，回老家去了吧（这尊石像独具一格，就算它能站起身来走路，我也毫不惊讶）。或者，有可能是检查铁道的工人看上了小摩，用它来点缀自家庭院了。每次站在车门旁边，我都会浮想联翩，目不转睛地寻找小摩。

小摩睁大眼睛守望着上班上学的人们，保佑着来往列车的行车安全。它的姿态仿佛在为大家祈祷。每次想起小摩，我都会感受到那个默默将石像放在路边的人所释放的善意，而这份善意又带给我些许的温暖。

文库追记：我还没有遇见过知道这尊石像下落的人。难道这是我的幻觉……？希望知情人士能提供相关信息！

●和尚的力量

突然提及如此亵渎神明的话题，实在抱歉。前几天，从一位女性朋友那里，我第一次了解到“世上还会有人爱恋和尚”。

据朋友讲，从她开始懂事起，在参加法事等活动时就遇见了和尚。每次看到他们的身姿、美丽的袈裟，听到朗朗的诵经声，她都会心潮澎湃。长大后，参拜各地寺庙便成了她的爱好。她还阅读了佛教的入门书籍。当然，据说她还去参加了在筑地本愿寺①）举行的“东京僧人集会②”。她异常激动地说：“我仿佛看见了极乐世界……！”我从未站在“我爱和尚”的角度，满怀热情地思考僧侣、寺庙和佛教。因此，当我得知这一情况时，非常震惊。

---

① 本愿寺位于东京中央区筑地，是日本净土真宗本愿寺派寺院。
② 东京僧人集会是为了弘扬佛教文化而举行的活动。

“那、那……你特别喜欢哪个宗派的和尚呢？”

我小心翼翼地问道。

“这与宗派无关！”

她如此回答。据说，从和尚的克己主义，到袈裟等物品的色彩感、诵经时的顿挫抑扬、肃穆庄严的法事，以及寺院的建筑，这些都深深吸引着她。朋友面带愁容、唉声叹气道：“其实我好想成为和尚的妻子，与他一起在寺院里生活。可是我又不能妨碍他修行，所以在举办法事时，我只能躲在暗处偷偷地看。”

唉……的确，穿着制服的护士和警察，比穿便装时看上去更加神采奕奕。这或许是因为穿上制服后，人们对于职业的专业意识会增强、克己主义的姿态也会格外显眼的缘故吧。

也许我不该把“为信仰而生”的僧侣们的袈裟和职业服装“制服”相提并论。可是，用以明示“为信仰而生”决心的僧侣们的装束（削发、袈裟等）和“制服”一样，能够塑造出专业素养和克己主义。这一点是肯定的。我想，我那朋友从这些物品中也感受到了和尚的魅力。

我个人不太喜欢那种刻板的形式。十几岁的时候，我的这种态度尤为明显。我认为，举办盛大的葬礼只是因为当事人（或是身边的人）爱慕虚荣，这是不愿正视死亡而停止思考的表现。当然，我觉得为彰显信仰而举办肃穆庄严的法事等方式是美好的，但说实话，我并不认为宗教形式与个人的“某种信仰”之间会有什么关联。

但是，在我大约20岁的时候祖父去世了，我的想法也因此发生了改变。祖父住在山里的一个村庄里，所以家人当中自然没有人会选择当下流行的“不办葬礼”的做法。祖父曾经供养过的寺庙里的和尚来到祖父家中，主持了一个小型葬礼。

这是我第一次失去亲人。最重要的是，祖父和我脾气相投，我非常喜欢他。所以面对他的离去，我不禁失声痛哭。可是还不能一味沉浸在悲痛之中。这是山村葬礼上的可怕之处。这里无法订外卖，丧葬公司也因为此地人口稀少而人手不足。家人、亲戚和邻居们齐心协力，布置祭坛，准备棺材，做饭做菜，忙得不可开交，根本没空休息。“饰品的方向错了！”村里的长者监督大伙干活，祖父的发小感慨万千地回忆起祖父的逸事："这家伙年轻的时候有一次喝醉了酒，和小卡车一起翻到了泥潭里。"看着他们微微晃动身体、悠然回忆往事的样子，刚才还在哭着做饭倒茶的我在不知不觉间也逐渐平复了悲伤的情绪。

就在葬礼的忙乱达到峰值之时，和尚诵经的环节开始。一位年纪很大的老和尚念念有词地诵读经文。声音较为沙哑却充满悲哀。听到这样的诵经声，我恍然大悟："啊，原来如此。"

为了避免一味沉浸在悲伤之中，生者才创造出"举办葬礼"这种形式。那些与逝者有共同记忆的人们一起忙里忙外，是为了从生理和心理上都接受"死亡"。

每过一次头七、七七或周年忌辰，思考便会更有深度。随着时光的流逝，悲伤也会逐渐淡化。但正是因为有了这些忌日，我才清楚地意识到，祖父并没有完全离开我们，那些欢声笑语和美好回忆永远留在我的心中。

当然，这就需要对专业、高深的佛教理论有所研究、理解和体会，而不是仅仅停留在只知道"做了坏事要下地狱"这一层次。现在，类似"恶有恶报"的逻辑中有许许多多的匪夷所思，无法令人信服。正因为如此，是时候让所有人都思考一下这个问题了：能够在真正意义上拯救人类灵魂的强大的信仰究竟是一种怎样的存在?

可是，在日常生活中，能够呕心沥血苦心钻研信仰和宗教的人仍是少数。比起遥想那些形而上的事情，人们首先考虑的还是如何过好每天的生活。可是，这“每天的生活”的尽头，必然是死亡。虽然这是人尽皆知的事实，但当自己或至亲之人面对死亡时，心绪便无法平静下来。

我感觉，这种时候，和尚的存在就有了非凡的意义。

虽然这么说很是失礼，可我发现，那个为祖父诵经的和尚看上去对佛教理论研究的最新成果并不熟悉，而且诵经之后的讲话（？）内容也是模棱两可：“逝者是寿终正寝，因此，诸位不要过于悲伤，让我们双手合十，一起祈福吧。”

不过，我从话语中感受到了一种无法言喻的温暖和说服力，参加祖父葬礼的人们也表示认同：“也许和尚说得没错。”

这位和尚在村里的寺院生活了几十年，目睹了村里居民的生生死死。我觉得，正因为如此，他的话语才会有说服力。和尚与我祖父相识多年，因此，无论是在慰问家人时，还是在和大家一起吃饭时，他都显得无精打采。那态度，旁人一看便知：“啊，您也在由衷地为祖父的去世感到伤心啊。”

但在诵经时，他就呈现出截然不同的状态。之前，和尚一直是一副老态龙钟的模样，现在他挺直了身板，（由于戴着假牙）虽然他在诵经时声音呜噜呜噜的，听得不大清楚，可他的态度却十分坚定，并且一心一意。他的背影仿佛在告诉在场的人们：“尽情表达悲痛之情未尝不可，但一味沉浸其中，就大可不必了。”他坚信：“佛祖定会救赎众生。”

说实话，如今我并不知道“救赎”一事是真是假。但是，从和尚那里，我感受到那份因数百次为亡故村民诵经而累积起来的威严，感受到那份因日复一日在寺庙里诵经数千次而累积下来的威严。这些的确减轻了我失去祖父的痛苦。

和尚的袈裟虽然有些老旧，但在那时，在我看来却是熠熠生辉，既专业又神圣。读者朋友，想必您已经明白，我在文章开头将袈裟写成“制服”并无恶意。

我的那位女性朋友提到她“特别特别喜欢和尚”的时候，虽然我惊讶不已，但当我脑海中浮现出祖父葬礼上那位和尚的身影时，我便恍然大悟：“原来如此。”

现在，我并不反感葬礼。虽然这种为了虚荣等而流于形式的事情很是愚蠢，但我知道，形式可以减轻人们的悲伤和烦恼。在这种延续多年的形式中，蕴含着祖先的智慧和理念，它能有效地让人们正确对待自己的情感。

毋庸赘言，这种形式不会以单纯的形式结束，而是演变成为血脉相连、实际感受产生共鸣的仪式。做到这一点，是和尚的力量、信仰的力量使然。我能亲身体会到这一瞬间真是太好了。谢谢祖父，也谢谢那位为祖父诵经的和尚。

间谍游戏

小时候，我喜欢翻书玩。我并不是要好好阅读书中的内容。我是喜欢各种书本不同的手感，纸张摩擦的声音、被太阳晒过后泛黄的颜色、满是灰尘的书香，以及翻书时空气的微微震颤。总之，我对纸张有特殊的癖好。

人们把图画画在纸上，把文字写在纸上，或是把它们印在纸上，制成书本。通过这些书本，远方之人的思绪、不同地方的景致便送达我们手里。我想："如此轻薄，作用却如此之大，纸张真是太厉害了。"不过，我觉得，更厉害的是它能折、能揉、能搓。

我小时候不仅喜欢翻书，还热衷于"搓纸捻儿[①]"。我把餐巾纸、卫生纸或是半纸[②]裁成细长条，然

① 将纸搓成细细的纸卷。

② 半纸是指用于写毛笔字的日本纸，尺寸大约为25cm×35cm。

后费尽心思把它们搓成结实又有韧性的、等宽的、漂亮的纸捻儿。

纸捻儿做好后用来做什么？其实我并没有什么别的目的。“做好了！真漂亮啊。”我只是为了获得这种满足感而已。小时候的我似乎比现在要清闲得多。我偶尔会把纸捻儿的一头伸进鼻孔里，硬是让自己打喷嚏。每次这么做，我都会笑得很开心。我好像也太清闲了。

对了，我还会用纸捻儿把双开门柜橱的把手拴住，然后玩间谍游戏（一个人）。我在一本书上看到过这样一个情节：“间谍会把纸捻儿拴在大门上或是放有机密文件的柜子上，通过查看纸捻儿是否被拽断来判断是否有人偷偷闯入。”我呢，是把弹子儿、玻璃球和捡来的石头等宝贝放到柜橱里。用纸捻儿把柜子拴住的话，柜橱被人随意打开时，我就会立刻发现。就算被人随意打开，“犯人”也只会是我父母。家里无人时进了贼这一情况除外……

什么时候纸捻儿会被拽断呢？一想到这，我就怦然心跳，眼睛盯着门把手。当我想玩玻璃球时，就会用口水弄湿纸捻儿，拽断它，再打开柜子。当然，玩了玻璃球之后，我会立刻做一个新的纸捻儿，把它重新拴在柜橱上。

可是，拴在柜橱上的纸捻儿而纹丝不动。为什么觊觎间谍（就是我自己）柜橱的家伙还不出现呢！我盼望着入侵者的到来。母亲偶尔会问我："我能把这个解开吗？""嗯。"我答道，并瞟了一眼从柜橱里拿东西的母亲，然后又认真地做起了纸捻儿。

不久，我就厌倦了间谍游戏，它妨碍我开关柜橱了，所以我不再往柜橱的门把手上拴纸捻儿了。可现在，只要手头有细长的纸条，我都会下意识地把它搓成纸捻儿。在咖啡馆，我一定会把吸管的包装纸搓成纸捻儿，再把纸捻儿做成复杂又奇怪的形状。

我非常喜欢柔软、形状可以任意改变的纸张拿在手中的感觉。

●褐爷，王者永存

我没养过猫。我曾经拿出咸香鱼干引诱朋友的猫，来换取我对它肆无忌惮的抚摸。我还时常悄悄触碰趴在门柱[①]上睡午觉的野猫，每次我都被它“喵”的一声尖叫吓得站不住脚。我和猫之间就只有这点交情。

我就像一个初中男生，明明很喜欢对方，却只会用笨拙的方式来表白。猫见到我便直接起身离开，那态度像是在说：“哼，我可没闲工夫跟你玩儿。”每次看到这种情景，我总有一丝伤感涌上心头。我感慨道：“看来这交情还没铁到缔结友好条约的程度……”不过，猫的冷漠和它那种绝不主动献媚的高冷范儿，也是别有一番趣味。

父亲上大学时曾在一户人家里寄宿，受到过不少关

① 门柱，是指在日本的独栋住宅的玄关前设立的一个独立的建筑物，像一堵墙。

照。那家房东养了一只猫。我第一次近距离观察的猫，便是那只。

步入社会之后，每逢岁末年初，父亲都会去看望那位房东。他也带我去过几次。

房东是位老太太。家里有一只和她一样上了年纪的猫。我猜它是一只三花猫，但并不确定。它肥得都没个猫样了（顺带一提，老太太很瘦），肚子蹭到了榻榻米上，几乎看不见腿了。

这只猫非常聪明。得知我们来访后，它从容不迫地慢慢走到近前，“喵”的一声打了个招呼。然后，它便乖乖地和老太太一起靠在被炉边取暖。当我对大人们的聊天感到厌烦、快要坐不住的时候，它一定会立刻凑过来，用它那短短的尾巴轻轻拍打我的腿脚。它是怎么看出我的心思来的？真是不可思议。尽管如此，它却不会轻易让我抚摸。这只猫太过神奇和肥胖，所以我想：“这只被炉之所以这么暖和，说不定是因为这只猫在用它那神奇的力量发热吧。”我多次掀开被炉的被子，观察肥猫的情况。

后来，我听说，那只肥猫和老太太都是在前一段时间去世的。

打那以后，我总会不由自主地盯着肥猫看（而且是长相并不可爱的那种）。

我娘家的院子里经常有流浪猫出没。其中有一只名叫“褐爷”。因为它长相丑陋并且全身褐色，因此，我随便给它起名叫“褐爷”。这家伙体格肥硕，行为举止也十分霸气。

走道时，褐爷把院子里摆放的花盆全都踹倒，像是下定了决心：“凡是阻碍本大爷出行的东西，一律除掉。”它所到之处，芦荟折断了叶子，三色堇花也破了相。每当这时，我当然是冲到院子里怒吼一声：“褐爷！”它虽然心怀不满，却也只是回头瞥了我一眼，便悠悠然地走开了。那态度像是在说：“别迷上我，小心我让你吃苦头哟。”你干吗这么拽？我虽然被气得捶胸顿足，却还得把花盆放回原处。事实上，虽然我很懊恼，可一看到尽显王者风范的褐爷，不知怎的，我的心中竟也掀起一阵波澜。

褐爷的另一大陋习便是：它一定会在玄关前排便。看来它是拿定了主意，并且高调表态：“王者嘛，就得气度不凡，可以随处排便。”我也会躲在暗处，瞅准时机。一旦发现褐爷要排便，我便立刻大声斥责。可这家伙却不为所动，态度冷静，像是在说："别为这点鸡毛蒜皮的小事生气嘛。"然后，它便转到屋子的角落里，在那里痛快地解起手来。它明明可以昂首阔步走到空地或草木繁茂之处方便的，可它却专把人家的玄关门口当茅房，真不愧是王者褐爷的做派。

最近我没见过褐爷。我担心它会不会死了。可就在几天前，院子里来了一只长相酷似褐爷的白猫。它也踢倒了院子里的花盆，简直就是少年版的褐爷。真是后继有人啊，褐爷！

我等待着褐爷把它的接班人陆续带到院子里来，我也练好嗓子，以便继续吼它。

文库追记：后来我搬了家。现在，我家的院子里，也来了一只长相酷似褐爷的猫。可它居然把粪便排在了我房间窗户的正前方。由于我现在的住处与之前的住处距离较远，所以，我判断他不会是褐爷一世的血脉。不过，我感觉褐爷也有可能会为了繁衍后代而远征至此。褐爷的血亲，真是非同寻常！

●町田也属于东京

我已经在町田市住了20年。

虽然这里也属于东京都，可我并不觉得自己是住在东京。因为单是坐电车去东京都中心区域，就需要花费四十分钟。所以，每每听到福山雅治的那首《东京也有》，我总会感到困惑："歌中所唱的'东京'也包括町田吗？如果是，那真令我诚惶诚恐了。"

很多人都认为，町田市基本上隶属于神奈川县。而神奈川县民众则操着横滨口音说道："町田？那个土里土气的地方啊，没必要把它归入我们县吧。"

就这样，町田的市民一直生活在别人的鄙夷和不屑之中。可一旦住下来，就会发现其实这里是一个非常不错的地方。站前区域充满活力，离车站稍远一点的地方又是绿意盎然。那里有古老的农舍，住宅小区的中央还有乳畜业专业户居住。

町田大体上就是个悠闲宁静的地方，但这20年，城市已然旧貌换新颜。车站周边商业设施和公寓大楼不断增多，而个体商店和公共浴池却在不断消失。每次家里热水器坏了，我便恨得咬牙切齿：“一个拥有这么多人口的城市，车站附近居然没有公共浴池，这个城市真够悲催的！”

我想，这种变化速度或许是东京特有的。人们背井离乡、从五湖四海聚集在此，形成了东京。町田也不例外。包括我在内，大多数市民的出生地都不是町田。

外乡人在自己选择的地方生活奋斗，希望把该地区建设成为适宜居住、令人留恋的城市。正是这种集结众人之力、艰苦创业、建设美好家园的能量，才使东京（暂且把町田市包含在内）这个大都市发展日新月异。

如此想来，町田车站周边的变化也令人可怜可叹。由于人们过度渴望拥有一个安身立命之所，因此人们有时也会用力过猛，导致城市朝着怪异的方向发展。公共浴池没有了，造成生活上的不便；美味的小吃店消失了，取而代之的是连锁居酒屋。

不过，出于偶然，出生地各异的我们现在居住在同一城市。大家在摸索中逐步构建城市形态，通过与在那里认识的新朋友建立联系，越发对这座城市产生眷恋之情：“此地虽然不是故乡，但我也不讨厌它。”我觉得，这就已经很了不起了。大家索性就享受这种变化速度，乐在其中吧。

东京具有多面性。这里居住着形形色色的外乡人。而且，每个人都在努力建设自己的安身立命之所。

变化、对安身立命之所的渴望以及速度感，这些似乎都象征着生命本身，所以我喜欢东京。

文库追记：我在写这篇文章的时候，恰逢《为召开2020东京奥运会而导入夏令时》这一方案出台。方案制定者精神正常吗？没发疯吧？这意味着我要提前两小时交稿，这可是生死攸关的问题。连我这种睡觉睡到自然醒、生活不规律的人，对此都感到疑惑。因此，对于那些每天过着规律生活的人而言，要强行把生物钟拨快，会相当痛苦吧。

大多数人都不明白为何要举办东京奥运会。当时我们明明没有投票给那些支持举办奥运会的知事[①]候选人……！我们的呼声总是传不到都政府那里。我在抽泣。哎，算了，奥运会也就持续两周时间，我还是和平时一样闭门不出吧。话说回来，仅仅为了这两周，生活在日本的所有人都要被迫提前两小时，这也太奇怪了吧！倘若真要实施夏令时，那我就撂挑子，来场“个人罢工”，顽抗到底。没人来叫醒我，所以没人会注意到我罢工的决心。这是此项计划唯一的缺点。

① 东京都知事，即东京行政执行官，负责与处理东京都大小事务，是“市长”的上级。

●迷路在新宿

每次走在高楼林立的新宿街头，我都会迷路。虽然我觉得每栋摩天大厦的设计都各具特色，但我还是分不清。

在大厦里的美食街填饱肚子之后，我乘坐电梯下到地面，来到马路上。此时的我绝对是朝着与车站方向完全相反的方向行进。这是为什么！

那么，这次我就反其道而行之，朝着自己判定为车站方向的相反方向行走。结果不出所料，从大厦出来后，我行进的方向与车站方向完全相反。

这究竟是为什么！也许是因为那些仿佛遮住天空的密集楼群扰乱了人体磁场、楼宇间的大风把指示正确方向的气息吹得四散的缘故。哎呀，这不过是路痴自我安慰的借口罢了。

可是，当我哭丧着脸在楼宇间徘徊寻找车站时，偶尔也会遇到好事。

深夜里，高楼林立的城市街头冷清而寂静。我猛然抬头仰望天空，只见一轮满月高挂空中，并且它的位置还是在楼宇之间，恰到好处。

“哇！”我情不自禁地小声叫了起来。那景致看起来就像是伸展的双臂之间出现的一团耀眼的能量团。记得在鸟山明的漫画《龙珠》中，主人公孙悟空两手托天聚集“元气弹”[①]。那能量是这个地球上的芸芸众生逐渐汇聚起来的。而高悬在楼宇间的明月带给我的，正是这种感觉。

银色的月光下，那些设计精巧的楼宇显得活泼灵动。这些美丽的建筑蕴含着向自然借景的力量。人们偶尔会在无意中创造出奇迹美景。我不禁为之感叹，并忘却了自己找不到车站时的窘境。

---

① 元气弹是日本漫画《龙珠》中的主角孙悟空威力最强大的招式，需要双手举高吸取所有生物的元气，凝聚成一个巨大的能量球。

●联结彼此的电线

说起最近从街上消失了的东西，我想是电线杆和电线吧。

记得小时候，路边的电线杆随处可见。我们都把它当成“粗一点儿的竹竿”来爬。爬杆的诀窍是：脱掉鞋袜之后，顺着竹竿使劲往上爬（切勿模仿）。我们曾经踩着电线落在地上的影子，从学校一路走回家。

我之所以会想起这些，是因为前几天我去了奈良，久违地见到了林立的电线杆和纵横交错的电线。那里是一片住宅小区，离奈良市中心不太远，位置较偏。

看一眼我就知道，眼前的这根电线杆是向那边的三户人家输电。望着那些高悬空中的电线，我和同行的朋友感叹道：“真让人怀念啊。”

据说，由于太煞风景，所以每条街的电线杆和电线都要拆除。或许这就是它们的宿命吧。埋在地下，说不定更利于维护。可是，当再次望向那些电线时，大家感觉是在一起分享电流。因为有某种实实在在的东西使彼此相连，这种感觉真好。奈良的街头绿意盎然，同时还保留了电线来联结彼此，营造出平静祥和舒适的氛围。

人们居住在电线杆和电线业已消失的地方，需要具备一定的想象力。尽管没有了电线杆和电线，但电流仍将居住在那里的人联结在了一起。

试着在脑海中浮现这样的景象：有无数根电缆如血管般在地下纵横交织。而这番景象塑造出城市生命活动本身的形式，虽觉沉闷却也心安。

夜幕下的多摩川

夜晚乘车经过多摩川上的大桥时，不知怎的，我一定会想起那些已故的朋友。

这并不意味着我与他们关系亲密。我们也有好几年没见了。一天，有一个我们共同的朋友突然告诉我："说到这我想起来了，某某某前几天去世了。"那一刻我震惊不已。我的眼前浮现出一张张久违的脸庞。

虽然听说对方去世了，但我并没有那种"再也见不到他"的实际感受。我只是觉得一直没与对方联络而已。

多摩川是一条流经东京这座特大城市外围的河。从车窗向外望去，可见大片密集的住宅。那些都是在这座城市工作生活的人们的栖身之所。虽然水边倒映着万家灯火和五彩缤纷的霓虹灯光，但绝大部分河面终归是漆黑一片。辽阔的夜空万里无云，朦胧泛白。

夜幕下，每一盏灯火都代表着人们的生活。我没有机会与这里的绝大多数人相识，还来不及与他们交流，我就会走完这一生吧。

说得极端一点儿，对他们而言，我与死人无异；而在我眼中，他们也同样如此。但是，虽说与死人别无二致，可大家都实实在在地活着。

无数人都过着平凡的生活，并不了解他人的生生死死。桥上可见郊外的灯影，它们象征着那些可笑可悲而又竭尽全力的可爱生命。

例如，即便站在漆黑的树林中，我也不会如此怀念、如此寂寞。灯光点点没有交集，既显孤寂又不失温暖。多摩川蕴含着神奇的吸引力，今晚流经郊外的街市，依然如故。

郊外小酌

我在东京郊区的一个城镇已经住了20年。

这20年里，站前区域得以重新开发。高楼大厦拔地而起，宽阔大道车水马龙，市中心也总是热闹非凡。这里所说的“总是”是名副其实的“总是”。

举例来说，即使像丸之内[①]、新宿这类城市核心区域，平日里白天也是比较空旷的。因为上班族都在写字楼里努力工作，所以在街道上闲逛，或是在商店里购物的人并没有那么多。

可我居住的地方属于城市周边的“睡城”。或许是由于这个原因，自平日白天起，便有家庭主妇、老人和年轻人出来活动，热闹非凡。到了夜晚，这里又呈现出另一番热闹景象。小酒馆里挤满了人。有人刚下班，有人虽然不工作，但晚上也会出来喝酒。

① 丸之内位于日本东京都千代田区，是日本著名的商业街。

踏踏实实过日子的人和那些看起来不太踏实的人，他们相互容忍对方的存在，并形成这座混沌无序的城镇。我非常喜欢这种能量充沛的氛围。所以我实在舍不得离开这个地方。

虽然重新开发使城镇的生活便利起来，却也带来了弊端：那种心血来潮时说进就进的小酒馆都消失了。最近朋友们和我热衷于交换“我市那些口碑好的小酒馆”的信息。

有时我会去朋友推荐的酒馆独饮美酒，喝到微醺再回家。回来查收邮件时，我才得知朋友当时正在我推荐的那家小酒馆独斟独饮。

什么嘛，早知道就相约在某个小酒馆一起喝了。我虽有几分失望，但一想到在小镇里，大家在同一时间在互相推荐的酒馆各自小酌，心情便就又愉悦起来。这份愉悦，正是来源于这个熟悉的城镇以及居住在那里的情投意合的朋友。

文库追记：我搬家了，现住在另一座小城，稍感无聊。由于我的住处离车站很远，附近只有一些无人售卖的蔬菜铺。唉，这……也算是店铺？罕见积雪的日子里就更难了。我拼命快走40分钟左右才赶到车站（平时徒步也就25分钟左右），还差点儿遭遇危险、性命不保。当时我就暗下决心：“我一定要搬到更便利的地方。”可我那天生的惰性总在作祟，因此，想法到现在都没实现。

最近，我常常津津有味地吃着新鲜的茄子和豆角，并感叹：“有无人售卖的蔬菜铺真好。”虽然我说过生活无聊之类的话，但由于我基本上都待在家里，所以无论住在哪里，都没有太大差别。

●男人的可爱之处

上大学时，我们同学时常聚会喝酒。有一次，同班同学小N突然在大家面前弹起了钢琴（当时我们租借的是文化馆，钢琴就是那文化馆里的。聚会喝酒，我们从不挑地点）。

我大为惊讶。因为当时小N虽然醉意正浓，却还能弹奏出优美动听的音色。而且，平时小N这人貌似与钢琴根本不沾边儿，全然一副天真烂漫的纯真模样（换句话说，就是情感上没那么细腻）。

“你好厉害啊，小N。”我激动地对他说，“你是从小开始学的？”

“没有啦。”

他害羞地答道：“上高中时，我疯狂地喜欢上一个女孩。她在学钢琴。我特别想接近她，所以，上大学后，我就开始上钢琴课了。”

听到这些，我愈发感到惊讶。弹钢琴这种事，上几年课就能达到这种水平，怎么可能？我还惊诧于他的纯情，居然会为了自己喜欢的人去学钢琴。

“后来呢……你和那女孩怎样了？”

“没怎样。高中毕业后就没再联系了。”

小N更加害羞了，但依旧在温柔地微笑着。我不禁怦然心动。

我想小N大概是抛开了当初要接近那个女孩的想法，被钢琴的魅力迷住了吧。后来他报名钢琴课程，努力精进。就像许多乐队那样，虽然一开始只是因为“想要获得青睐”，之后却因为迷上了音乐而出道。小N的经历与他们的很像。我心想：“到底是男生啊。”

弹钢琴时，小N完全沉浸在音乐的世界里。就在敲击键盘的那一瞬间，他忘却了自己喜欢的女孩。不过，按理说，在那不经意的瞬间，他的脑海里会掠过那个女孩的脸庞。这份珍贵的回忆教会我们享受恋爱和音乐的快乐。

我喜爱男人浪漫的那一面。虽然浪漫的结果是他们转而执着于自己想做的事情（这里指弹钢琴），对恋爱一拖再拖。可是，他们清楚地记得“是谁教会了自己执着”。

我认为，比起沉沦于爱情的男人，这种因谈恋爱而发现自己所喜爱的领域并将之发扬光大的男人更有魅力。因为他们散发着自由的气息。有的狗明明想吃狗粮，却稀里糊涂地被主人牵着出门散步。而忘记初衷（恋爱）的愚蠢与这种情况类似。可是，正因为如此愚蠢，所以男人这种生物才既可怜又可爱。我偶尔也会这样认为。

旧门牌

我在卧室门旁边竖立放置了一块长度与幼儿身高相仿的门牌。虽说屋里放块门牌会感觉怪怪的，但我觉得还好。

门牌是木质的，已经老旧泛黄。上面写着“宽政大学陆上竞技部炼成所[①]竹青庄”几个毛笔大字，字上还留有飞白。这块门牌其实是一个电影小道具。

我曾以箱根驿传为题材写了一部小说——《强风吹拂》，该书有幸被翻拍成电影。作品中，在箱根参加比赛的大学生们优哉游哉地过着集体生活。他们居住的破旧公寓便是“竹青庄”。这个故事梗概是：住在那里的大学生们并不知道这里是田径队的集训地，结果不容分说被当成长跑运动员反复训练。我这么写，估计大家会

① 陆上竞技，即田径。炼成所，指的是锻炼、培养、训练的场地，道场。

觉得这部原作很不合常理，实在抱歉。

因此在把作品拍成电影时，我们就选了一处很有特色的员工宿舍作为“竹青庄”的外景地。门口挂着的便是我手里的这块门牌。后来剧组把它送给我留作纪念。这是美工组工作人员的倾心杰作。

我在小说中写道，“门牌已经老旧泛黄”，可这一块其实是有意做旧的新门牌，只是外表貌似经历过岁月的洗礼。美工组的工作人员向我极力推荐：门牌上的字处理得恰到好处，绝妙飞白，若隐若现，表明完成它需要高超的技巧和灵感。我感觉这位美工极具固执己见的匠人气质。我在小说中还写道：“仔细一看，就会发现上面写的是‘炼成所’，住在里面的人都会感到大吃一惊。”我为自己的这个荒唐设定而道歉。

通过写文章来表达，这事简单。但在现实中，“明明每天进出玄关，却没有注意到门牌上的字”，这种情况的确几乎不可能发生。为确保影像表达的写实性，美工组的工作人员对这块门牌的制作也是费尽心力。他们把门牌赠送给我，我向他们表达了感激与敬畏之情。因此，我把这块门牌珍藏在自己房间里。

每次看到这块门牌，我既感到开心，又觉得神奇：“一开始只是几个文字的罗列组合，可竟然能以如此立体的形式将它呈现出来，真是太不可思议了。”

问题是，来这里留宿的朋友打趣地问我：“你生活起居都在这间摆放‘竹青庄’门牌的房间里，你早上起来不晨跑行吗？”（在作品中，我提到“竹青庄”的住户，每天都要晨跑）我呢，属于那种即便赶不上电车也不想奔跑追赶的人。所以，我总是回答：“我做过意念跑（是指在脑海里想象着跑步的意思）了，所以没事。”这并非徒有其表，而是徒有门牌。

●东京也有美丽的月亮和夜空

我在本章谈到了町田市，其中谈到了福山雅治的歌曲《东京也有》。关于这首歌，我还有一些感想。

这首歌对东京是不是有些失敬呢?

我当然并非想要批评福山雅治。我妈似乎特别喜欢福山，每次电视画面中出现福山的身影，她总是看得如痴如醉。我要是当她的面批评福山，肯定会被她连踹三脚，摔倒在地板上，面临生命危险。

我擅自推测：福山雅治是一个既有绝妙的平衡感又很贴心的人。我并不是为了保命才这么说。我清楚地记得，他在歌中唱出了“东京也有美丽的月亮和夜空”（概要）（我会有这种想法：“那是自然的呀，还用说吗”），绝对不是在批评东京，毋宁说这首歌也有赞美东京的一面。

但尽管如此，“东京也”这种说法还是有些失敬了吧。这种感觉在我脑海中挥之不去。我试着把“东京”换成其他地名：“爱知也有”“青森也有”“秋田也有”（按照五十音的顺序）[①]，会怎样呢？有没有人会纳闷：“你想要说什么呀……？”我就是有这种感觉。是否有人在想：“常常有人认为，我居住的地区会有不足之处吧？”我就是这样想的。

估计还会有这样一种看法，即：东京是日本的首都，自然会引来很多牢骚话，所以，别为这芝麻大点儿的事说三道四了。我比较纠结的地方正在于此。“如果地名不是东京，就无法成立=要是针对东京，那么多少也还可以挑一下它的毛病。”这首歌的背后就是有这样一种意识在支撑着吧。

不过，照这样下去的话，那些土生土长的东京人会是怎样一种心情呢？

读了歌词，我感到震惊。歌词里的东京是一个名利场，是一座唯利是图的危险城市。抱歉，我并没有见过这样的东京。我周围邻居家的老爷爷老奶奶，在院子里

① 五十音又称五十音图，是将日语的假名以元音、子音为分类依据所排列出来的一个图表。

种了野姜[1]。他们会告诉我“这个放到乌冬面里会很好吃”，并把新摘的野姜分出一部分送给了我。

总之，如同在外地出生长大的人会十分珍惜自己故乡那样，东京土生土长的人也会把东京当作自己的故乡和生活场所并且倍加珍惜。我强烈地感到，这首歌稍微欠缺一些这方面的想象力。

我真的不是在批评福山雅治（我要向满脸杀气的老妈说清楚）。我觉得这首歌的不妥之处在于题目“东京也有”。再说得具体点儿，就是这首歌轻而易举地唱出了一个平庸的东京……抱歉！这话听起来还是有点儿像是在批评福山雅治。

可是，我多少也能理解他的心情。东京虽然在众多作品中出现的概率很高，但也许正因为如此，对它的描述才不大符合实际情况。还可以换句话来表述，即：几乎没有文学作品能够切实表现出真实的“东京”。

东京是座大都市，即使同样在东京都内，区域和城镇不同，氛围也会有细微差异。这也是为何难以反映其

① 一种姜科姜属植物，可作为蔬菜食用，风味独特，食味特别，香味浓郁。

实际情况的原因之一（当然，这么说来，我觉得日本其他县的实际情况也没有很好地反映出来，只是因为东京获得媒体关注度更高一些，某种片面印象的传播程度也会更高）。尤其是，下町[①]多次被媒体当作“东京生活场所”的典型来宣传，而面积更为广阔的东京西部的住宅区则基本被忽略。虽然一概称作“东京西部的住宅区”，但每个城区均有不同特色，这是理所当然的。

值得一提的是，由于东京西部和南部地区离我住处相对较近，因此，我感觉自己多少能把握一些它们的特点，而对于东京东部和北部地区，我就很不熟悉。尽管我在东京住了三十多年，却还是这种状态。我不由得想要大致概括一下“东京印象”，我觉得这也是完全合理的。

一般认为，表述时应当避免刻板印象。可是，真要这样吗？按理说也会出现这样一种情况：如果不与刻板印象发生一定程度的关联，那么自己想要传达的内容，就无法与众人心中的某种印象联结起来。

---

① 低洼地段工商业区，平民区，主要指靠近东京湾的浅草、神田、日本桥等区域。

如果福山雅治在《东京也有》这首歌中唱道："东京绝不是那种功利性强的地方，昨天邻居老爷爷送来了野姜，我放入乌冬面品尝后，很是美味。"说实话，听众会感到混乱。因为加入野姜之类的桥段后，这首歌最重要的部分（概括起来就是：虽然远离故乡来到东京奋斗，我却总会想起你来）所体现的情感就完全无法深入人心。

关于东京的实际情况，虽然大家都有各自的看法，却也会把这些搁置一边，而是采用容易让人理解的那种刻板的"东京印象"。因为这样一来，其核心部分（自己的奋斗和对你的思念）就容易深入人心了。我认为，福山雅治是故意采用了这种策略。

与具体的实际情况相比，选取更加容易深入人心的印象，这种创作手法更为常见。此外，倘若把《东京也有》所体现的情感说成是"人情"和"温情"，那么恐怕会引起不满（这里的不满指的是："你认为东京没有这些吗？"）写一些像"月亮""夜空"的话会比较保险。这些东西会令人感觉"那些东西，随处可见"。貌似在批评东京，又像在唱东京赞歌；貌似在批评东京，又像在唱东京赞歌……（以下循环往复）。当福山雅治保持住这个绝妙定位的时候，我觉得他不愧是一个平衡感十足又很贴心的人。

……我的这一说法颇具讽刺意味。之所以这么说，是因为我无论如何都无法彻底抹去这种想法：“在和歌山县民众面前，就不能唱《和歌山也有》了吗？真是的。”（之所以要以和歌山为例，是因为根据都道府县五十音顺序，它排在最后，敬请谅解）。拥护福山雅治的结果便是：我忙于随意批评或拥护他；《东京也有》这首歌成了电影《东京塔》[①]的主题曲。一想到这首歌唯有用东京这个地名，我就深表同情。如此想来，福山雅治的处理可谓恰到好处。创作乐曲时，他既保持了平衡感，又满足了大家的需求与期待。

详细描写某种实际情况未必能深入人心。这是创作的难点所在。每次我听福山雅治那首令我妈如痴如醉的《东京也有》，我都会深有感触。《东京也有》这个案例的成功之处在于它没有选择细致的描写，而是通过大胆依托印象来传情达意、深入人心。

① 由日本松竹映画制作的一部家庭剧情影片。

二辑

X

日常

●地铁里的爱情剧

朋友小安跟我讲了这样一件事：一天，在地铁即将关门发车之际，她飞身上了地铁。“呼，好啦。”小安长长地松了口气，站在车门边擦起了汗。这时，旁边乘客的对话传到了她的耳朵里。

“我特别喜欢你。”

这是一位年轻男士的声音。敢在这种公众场合表白，真够大胆的。小安兴致勃勃地循着声音的方向看去，发现有两位男士站在旁边，他们都在“25岁左右，并且打扮时尚”。（小安说的）

那位说话的男士继续殷勤地表白：“我好想和你在一起。”

听到这里，小安的耳朵瞬间膨胀起来，听觉细胞仿佛要填满车门附近。那位被表白的男士沉默了一会儿之后，答道：“Me too（我也是）。”

然后，两人害羞地互相凝视，笑了起来。

听完小安的讲述，我感到心跳加速。

“为什么要用英语回答？好奇怪啊。”

“他是为了掩饰害羞吧？比这更奇怪的是，那个男的为什么会突然在地铁里表白呢？”

“这是真的吗？该不会是你做的梦吧？”

“这可是我亲眼所见亲耳所闻啊！他俩和我还是在同一站下的车呢。我当时还想：‘嘿嘿，他俩这是要去谁家呀？’表白的那个男的在站台上走了一会儿之后，跟对方说了声：‘那，再见啦。’就又回到了即将出发的电车里。”

“哎呀，还真是依依惜别啊。可是小安，你当时有没有看到周围有剧组工作人员？”

“我不是说了嘛，既没有电视剧剧组，也没有整人节目的摄像机。我是飞身跳上这班地铁的，怎么可能有人设计整我呢？”

“嗯……那，也就是说，你见证了他们从友情发展到爱情的瞬间啊。”

“我也不知道这是爱情还是挚友间的真情流露。”

“这不会是友情吧。比如，我会对你说‘我想和你永远在一起’吗？我会在站台上跟你依依惜别吗？”

“No，thank you。”

小安礼貌地用英语回答。

“你看，他俩之间还是有比友情更亲密的某种感情的。哎呀，小安，你可是遇到了一个千载难逢的重要场面啊。还有，那两人长啥样？帅吗？”

“不记得他俩长啥样了！由于场面太震撼了，我都不知道自己后来是怎么回家的。总之，我只记得这两人穿着都很整洁时尚，看样子像是自由职业者……”

“要是能再碰到他们就好了。要不，你明天还是在同一时间，乘同一班地铁吧。”

“偌大一个东京，人海茫茫，这跟踪狂的行为也太草率了吧……我还是祈祷重逢之日早点儿到来吧。”

在重逢之前，小安和我都衷心祝愿他俩幸福美满。

老奶奶的徘徊

“要不要给老年人让座？对这个问题，你是不是非常纠结？”

“是的是的。前几天我坐公交车时，上来一位老奶奶和一位阿姨。那位阿姨看上去像是她女儿。老奶奶坐在了爱心专座上。我刚好坐在她后面。”

“那你有什么好纠结的。老奶奶有座啊。”

“哪儿啊。她突然从座位上站了起来，开始在车上来回走动，几次从我面前经过。”

“这是啥意思？没明白。”

“你也觉得很奇怪吧。我当时还想：‘这可怎么办？她会不会有点儿老年痴呆。’老奶奶刚才坐的那个专座，由她女儿看着，所以我觉得应该没啥事，也就不管了。可老奶奶又回到爱心专座，开始跟女儿抱怨：‘现在的年轻人啊，根本不给我让座！’”

“好可怕！她居然在试探车上乘客。”

“不过，大家刚才都看到她坐在爱心专座上了吧？这种情况下，大家是不会让座的。”

“嗯，这种情况就没必要让座。”

孩子们在认真探讨是否要给做出怪异试探行为的老奶奶让座。我不由得感叹：这些孩子真不错。

话虽如此，诡异的是，那位老奶奶的行为。她是因为年轻人对老年人不够恭敬而义愤填膺，甚至要示威游行吗？她是打算把座位让给女儿，自己去坐别的座位吗？还是她热衷于体验别人给她让座并从中获得无上的快乐呢？

不管怎样，能在行驶的公交车里来回走动，就表明她的腰腿还是很壮实的。您还年轻呢，奶奶！

听了高中女生的对话，我想到的是“人随时会试探别人”这件事。我个人很讨厌“试探”行为。我上学的时候也特别讨厌考试……好吧，就算考试是不得已的事情，我仍认为应该尽量慎用试探别人这一招数，并坚决拒绝别人对我做的各种恶作剧式的试探。

可是，我很喜欢阅读试探爱情或忠诚的故事。例如“赫夜姬给五位贵族公子出了几道根本无解的难题”“太阁[①]丰臣秀吉曾多次要求五位大老[②]宣誓效忠丰臣家”等等。并不是因为我喜欢“爱情”或“忠诚”，而是因为我喜欢揣摩赫夜姬和丰臣秀吉试探人心时的所思所想。

最终，赫夜姬也没有相中任何一位贵族公子（看来她压根儿就没想要找对象）。丰臣秀吉死后，德川家康就除掉了丰臣一族（想必丰臣秀吉和德川家康在发誓时就已经预料到会是这个结果吧）。我觉得，试探别人毫无意义。

尽管自己有座位，却还要在车上徘徊，希望有人给自己让座，真是一个又贪婪又滑稽的老奶奶。听了高中女生的对话，我笑了。同时我也感到，人这种生物，无论多大年纪，都会不由自主地试探别人的爱与真诚。此刻的我，既有忧虑之心，又有怜悯之意。

---

① 日本古代对摄政或太政大臣的敬称。

② 五大老是丰臣秀吉在后期设立的职务，由丰臣手下最有实力的五位大名担任。

●法老式糊涂

得知公司同事花了十五万日元去脱毛，朋友小安惊讶不已，于是给我打来了电话。

“十……十五万日元？！”

听了之后，我也很是吃惊。

“这能买多少本漫画啊……哪有那么多毛要脱呀？”

“最开始是脱腋下和小腿的毛。据说，现在连大腿上的毛也能脱了呢。”

“大腿上的毛，别人又看不到！”

“虽然这么想，但还是会介意啊。据说这就是所谓的脱毛地狱。”

原来如此。我虽然是一个放任主义者，任由体毛随意生长，但我也不是不知道，也有人希望自己全身滑溜无比。

“很遗憾，我对自己的脸和身体没那么迷恋。如果我有十五万日元，我就拿来买衣服。”

“我也肯定会买衣服的。我公司同事穿得都比较朴素，与服装相比，他们好像更注重自己身体的完美。”

“那是人家有追求。的确，花十五万买衣服，不合身的话就浪费了。可我要是像她们那样，那何止是脱毛啊，我全身都需要整形了……”

“这个问题，只能通过重新投胎来解决了吧？”

“我知道，要你说！如果有十五万日元，我还是会买衣服。就当作我对下辈子的提前投资好了。脱毛啥的，效果仅限于这辈子。但衣服是可以留存下来的。”

“是啊！到时，把遗言和衣服一起留下来就行了。我会这么写：‘给来世的我：如果能够实现夙愿、投胎生得漂亮的话，请穿上这些衣服吧。’”

我俩一起异想天开，对自己的来世充满遐想。例如，可以买一些与自己孩子共用的衣服等等。

“嗯。光有衣服还不踏实，还要收集大量的包包、鞋子，当然还要有漫画书，为快乐的来世做准备啊。”

“即便重新投胎，没有住处也会感到不安，所以这辈子我要努力工作，盖好房子，把东西放在里面给来世的自己，这个主意不错吧？”

“干脆我们用收集的漫画书盖个房子吧。墙上都是漫画！生活被漫画所包围！这样的房子不就是天堂吗？”

“我们把自己珍藏的东西当作建材来盖房子。照这个思路，那些经常光顾美容院的同事们呢，我觉得可以用脱去的体毛来做墙壁。”

“我觉得，他们是认为体毛并不重要，才会去脱毛的……总之，为来世的自己留存一些喜欢的东西，是个不错的主意。可是你不觉得咱们有点……像埃及的法老？”

“是啊……给我感觉就像是‘在棺材周围放一大堆随葬品，壁画上还有漂亮的小姐姐哦。这样，就算去另一个世界也能放心了！’”

“人终归是要成为木乃伊的，所以不管是宝贝还是小姐姐，都是多余无用的……”

“醒醒吧。不管买多少东西，死了，就什么都完了。”

听到这话，我瞬间感到十分沮丧，心想：我还是选择脱毛吧。

回娘家的意义

除夕那天我回娘家了。

每次我提到“娘家”这个词，母亲总会说：“你又没出嫁，用‘娘家’这个词，不觉得怪怪的吗？呵呵。”

那，您要我怎么办！

“以前我也是住在这里的，后来，单身的我自己租房单过，现在我父母和弟弟住在这里。”难道要我这么说吗？这样岂不是很啰唆！说得再多，话题也接不下去。

总之，这里就是我娘家。我回娘家了。一到家，我就发现母亲做了一大锅烩年糕。究竟有几口人吃啊？得连吃多少天才能吃完啊？尽管我被菜量吓到了，但我还是一会儿掀开锅盖看看，一会儿盖上它，装作一副帮忙做饭的样子。院子里，父亲正漫不经心地挥动着扫帚，装作打扫卫生的样子。

这时，弟弟穿着一件衬衫走了过来。身上还冒着热气。现在正值隆冬时节，弟弟穿成这样，实在是不太正常。

“干干……干吗去了，你！”

“岁末年初，最容易缺乏锻炼了。所以，我就心血来潮，骑自行车活动活动。”

不管怎样，没必要在除夕这天骑车骑到浑身冒热气吧？我这个弟弟啊，没啥专长，唯独体力绰绰有余！我正看得目瞪口呆，弟弟突然对我说：

“对了，腌猪！”

“腌猪……是叫我吗？这个词的意思是‘宅在家里的猪’吗？”

很早以前，弟弟就叫我“猪仔”。这个称呼终于升级了吗？

“不是的。”

弟弟严肃地说：“虽然你是宅女，但是腌猪的腌是腌菜的腌。你忘记上次把猪肉馅儿忘在我车上这件事啦？结果谁都没注意到，肉就馊了，搞得车里全是腌菜的味道，你可真会给我找事儿。”

“哎呀。当时我还想，我特意买的猪肉馅儿放哪儿了呢？可是，为什么猪肉馅儿会散发出腌菜的气味来呢？”

“我怎么知道！以后你别忘了把买的东西带回去。不然，我就一直叫你腌猪。”

弟弟朝自己房间走去，而父亲从院子回到了客厅。

“咦，我爸他理发了？”

“还没去呢！”母亲大声回答，“都跟他说了，理个发过新年吧。可他就是不去。瞧他那头发，乱糟糟的！”

“是吗？我倒觉得看着挺清爽的。”

“那是因为他发量减少了。你这么说，你爸就更不去理发了。”

父亲和我忍受着母亲的唠叨。这时，弟弟来了。这回他是裸着上半身，依旧冒着热气。

“你这是怎么回事！从刚才起就老在脱衣服？现在可是冬天啊！”

“我刚才在房间里做俯卧撑来着，挑战极限了。呼……”

拜托了，希望你把体力用在大扫除这种有益的事情上。我即便回到娘家和家人一起生活，也没有片刻放松的时候。

●一富士、二大象、三杏仁

我从未注意过初梦这种东西。[①]

因为我睡觉时常常会做很多梦，所以平时根本不在意。虽然我经常会笑醒，但就在从被窝里爬出来的那一瞬间，我忘掉了大多数的梦。

因此，往年我都不知道哪个是初梦，然而今年却有所不同。我在确认已经跨年之后才进入梦乡，并清晰地记得做过的梦。我梦到的居然是富士山！

我喝着年糕汤，心想：这个梦可真吉利。我并没有为做个吉利的初梦而在睡前念叨“富士山富士山、鹰，至少梦到茄子”，可我还是梦到了富士山。

啊呀，初梦指的是一月一日和一月二日晚上做的梦吗？算了。我这是在日期变更为一月一日之后做的

① 初梦指的是新年首次做的梦，日本有根据此梦占卜吉凶的传统。有的地方指一月一日、有的地方指一月二日夜晚所做的梦。

梦，所以肯定是初梦。

可是，梦里的某些信息我实在是无法理解。我梦里的那座富士山耸立在红褐色的沙漠中。在我印象里，好像是亚利桑那州（虽然没去过）的那片沙漠。我在沙漠中旅行，猛然抬头仰望，隔着酷似阿苏山①的外轮山②那连绵的山脉，我看到了富士山顶。那里净是岩石和沙子，宛如月球表面（也是红褐色的）。

在酷似亚利桑那州的沙漠里，隔着外轮山看到红色山峰，那不会是富士山吧！好吧（真的好吗？）。因为形状确实像富士山，所以那就是富士山。真是可喜可贺。

我把这件事告诉了朋友小O和MJ（因为她是迈克尔·杰克逊的铁粉，所以我将其名字缩写为MJ）。听了之后，小O对我说："我也做了个吉利的初梦哦。"

"我梦见自己来到了南方一处小岛美丽的海滩上。我觉得大概是在巴厘岛。这时，蓝色的大海上突然哗啦一下子冒出了很多大象和驯象师。"

---

① 阿苏山是位于日本九州的活火山。

② 外轮山，是指在老火山口内部又形成了新的火山锥，呈现出大的圆形火山口内山脉连绵的景象。

好独特的梦境啊。可是，为什么会突然出现大象？从其外形来看，会不会象征着性欲之类的呢？

“MJ你呢？梦到什么了吗？”

“我梦见自己参加了切杏仁豆腐大赛。细长的杏仁豆腐被放在传送带上传过来。那传送带就像自动扶梯的扶手一样。我拼命用菜刀切，可杏仁豆腐却源源不断地传送过来……而且，我好不容易切好的杏仁豆腐掉落在脚边的大盆里，都摔烂了！

“‘啪嗒’，杏仁豆腐摔烂时的声音，至今还回荡在我脑海中……”

MJ悲伤地低下了头。新年伊始，她怎么就梦到了这种白费力气的事儿！真不吉利。

在“切杏仁豆腐大赛”上，比试的是如何快速把杏仁豆腐切成美丽的菱形吗？我想象着MJ切豆腐时使出浑身解数的样子。哎呀，切个杏仁豆腐嘛，用不着使那么大的力气嘛。

梦里出现的情景，总是有些滑稽，或许出于这个原因，梦境才会略显寂寞。

甜蜜的纽带

快到那种硬邦邦且圆溜溜的褐色东西大量出现的季节了。不，不是蟑螂。它又甜又香。对，是巧克力！

最近几年，每逢情人节，常有女性朋友送我巧克力。她们送我巧克力，不是为了表白，而是极力向我推荐："这个很好吃的，你尝尝！"

于是，在退出恋爱战线之时（其实，我从来没到过那个战线），我察觉到情人节似乎发生了一些变化。

女友们推荐我品尝巧克力时，脸上闪耀着幸福和骄傲的荣光。打个比方，就是这样一种感觉："我依照周密计划出去打猎，果然打到了肥美的雉鸡。我这个猎人的嗅觉和才能如此厉害，连我自己都感到害怕！来，把雉鸡肉分一分，你也尝尝吧！"

女士们大量购买巧克力，却不会在表白时把巧克力悄悄送给男士。她们会与朋友分享，大快朵颐。

也许有人会想："可是，我们公司的女孩子送我巧克力（义理巧克力）了呀[①]。"这种想法太天真了。（这不是品尝巧克力时的甜美感觉。）[②]

倘若把女士之间分享的巧克力比作雉鸡，那么很遗憾，那种出于人情而赠送的巧克力很可能只能算是麻雀了。虽然这种巧克力是褐色的，也很可爱，吃起来还算美味，但正如麻雀是常见鸟类一样，这种巧克力也很普通。

女士们"狩猎"的主战场是各大百货商店举办的情人节展销会。这里猎物（巧克力）实在太震撼了。去年我也下定决心冲进了会场，结果吓了一大跳。

由于展销会场人山人海，我仅仅在那里待了5分钟，便轻易败退下来，两手空空垂头丧气地回了家。但那些如宝石般闪亮登场的巧克力依然在我脑海中留下了深刻印象。其价格在食品中也是宝石级的。精

① 义理巧克力源于日本，指的是女性在情人节当天，出于义理人情方面的考虑，给男性上司、前辈等送的巧克力，对其平时的照顾表示感谢。

② 在日语中，"天真"与食物的"甜"味为同一个词，此处为一语双关。

美的小盒里仅有两颗圆溜溜的巧克力，售价却高达一千日元。这样的商品比比皆是，吓得我眼珠子都快要飞出来了。

也就是说，如今，情人节已经成为这样一个节日：女士购买并品尝来自世界各国、经过精挑细选的美味香甜的高级巧克力。

女士们通过激烈的争夺战获得心仪的巧克力。她们并不把它当作谈恋爱的手段，而是把它当作可以愉悦身心的食物珍藏在胃里。同时，她们还会把这种战利品分给伙伴，与她们共享味觉的快感。

情人节不再是恋爱的节日，已然成为女性朋友之间联络感情的活动。目前，男士们略微受到一些排斥。因为即便送给他们高级巧克力，他们也只会说一声："我刚好肚子饿了。"之后，他们便咯吱咯吱地吃了起来，毫无感激之情。可是我想，不久的将来，情人节就会完全变成"不分性别、相互确认彼此友情和信赖的节日"。

和关系亲密的人分享美味的巧克力，并细细品味喜悦。我幻想着，今后的情人节能与恋爱、义理等无关。

文库追记：我感觉，最近在我周围，“女性朋友之间互赠友情巧克力”的热潮正在逐渐减退。估计是因为大家那种冲进人头攒动的情人节礼品展会现场的体力已经丧失殆尽的缘故。但最主要的原因还是“人们在试吃各种价格昂贵的巧克力之后，都很认可高价巧克力的美味”。我想，当然这也是由于巧克力甜点师大显身手的缘故，“美味的巧克力”才会呈现出多种味道。不过，其中的细微差异，外行是搞不清楚的 。因此才出现了“在拥挤的情人节期间，人们觉得没必要拼命寻找美味的巧克力”的迹象。

顺便说一下，我本来就不太喜欢吃甜食，所以我属于这种人：很早以前就觉得一百日元的块状巧克力和高级巧克力“一样好吃”。我这个不明白其中差异的女人，没资格对男士们说三道四。好没面子啊。

●上了年纪的初学者

我家虽然有电视机，却放不了，因为我嫌麻烦，没安装天线。当我特别想看某个电视节目时，我大多会去荞麦面店观看。

我并没有荞麦面店里电视的换台权，所以，能否看到心仪的节目全凭运气。看得见电视的座位是否空着，也靠运气。这种怦然心跳的感觉非常有趣。对我而言，看电视并不是“只要打开电视，就能在喜欢的时候看喜欢的频道”，而是一件大事，像是在替自己占卜运势。

前几天，我在荞麦面店看了大河剧。我从早上就开始期盼：“看剧！看剧！”掀开门帘走进荞麦面店，在确认电视里播放的确实是NHK频道的那一瞬间，我的内心欢呼雀跃：“我赢得了天下！”不错，今天我的运气真好。

然而，电视画面太暗，看不清楚。

光线也或多或少反射到电视画面上，所以，电视里播放室内场景的时候，我就根本无法看清楚了。在暗淡的电视画面上，我只能隐约感觉到剧中人物像是在移动。

周日晚八点的大河剧，该不会有大胆的床戏（或者叫被窝戏）吧？嗯？“看不清啊。”我小声嘟囔着。没辙，我只好展开丰富的想象。主人公哭喊着从家里跑了出去，因此我推断，这不是一场床戏，应该是有人去世了。

由此我想到一点，就是报纸的投稿栏必定会刊登一些批评意见：“历史剧画质太暗看不清楚！”估计老年来信者居多。是因为看历史剧的人多为老年人吗？还是因为很多老年人不会调节电视亮度？我不太清楚其中缘由。

我个人认为，历史剧画质暗淡也没关系。因为演的就是没有电灯的年代，太亮的话就让人扫兴了。剧中会有室外场景，也可适当在脑海中补充一些看不清的部分。

问题是，我以前从未感觉到电视画质暗淡，可来这里观看时，我却突然咬牙切齿地抱怨：“看不清！”

或许这只能证明我上年纪了吧。老年人之所以哀叹画质暗淡，并不是因为不会调节电视的亮度，而是因为他们自己的眼睛调节明暗的功能开始减退的缘故。一想到这里，我不由得瑟瑟发抖。我的眼睛确实开始老化，无论是肌肉还是瞳孔的收缩度都越发松弛了。唉，的确是上年纪了。

在充满活力的岁月里，我根本想不到自己会有“脚部浮肿”“眼皮松弛、画不好眼线”之类的状况。现在这些在我身上全都出现了，而且还出现了新情况。

看历史剧时，如果觉得画质暗淡看不清楚，就需要注意了。这表明自己已经接近可以大发感慨的年纪了。

随着身体机能逐渐衰退，就更加需要依靠想象力来弥补一些情节了。但如果肆意幻想被窝里那些事儿并为此感到兴奋，就无法以正确的态度来追剧。能够立刻联想到拍被窝里的戏，也表明还能抓住青春的尾巴吧。我在反省。

●令人感到愉快的标识

在地铁永田町站，从半藏门线站台到有乐町线站台，中途会经过一段长长的台阶。

和从未到过永田町站的人提到这个莫名其妙的话题，非常抱歉。但我还是希望各位勉为其难展开想象：地铁永田町站是一个“有一段超长台阶的地铁站”。那里的台阶巨长无比，简直要直通云霄（虽说如此，可它毕竟是在地下）。

当然，这段台阶设有自动扶梯。我有一次在乘坐扶梯时，遇到了一个小女孩，当时她被父亲抱在怀里。

小女孩隔着父亲的肩膀看到了正在不断上升的自动扶梯。那高度和倾斜度吓哭了孩子。她哭喊起来：“我好怕啊。”自动扶梯太长，很可能会给孩子幼小的心灵留下阴影。有点恐高的我在乘坐自动扶梯时，自然也绝不会往身后看。乘坐下行扶梯时，我会一直凝视扶手周围。

几天前，我下了电车，离开站台，前往那段台阶。快到那里时，我发现很不凑巧，自动扶梯口排起了长队。扶梯的一侧本应空出，以方便那些着急赶路的人，但在那天，那一侧也是异常拥堵，水泄不通。

我不喜欢排队。我唯一能够忍受的就是在书店收银台前排队。虽说排队也就是几秒钟的工夫，但我讨厌为乘坐扶梯而等待。于是，我条件反射似的决定放弃搭乘自动扶梯，改成爬台阶。

刚上了几级台阶，我便开始后悔："糟了！"我想起来了，这里的台阶巨长无比！可事到如今，我也不好意思转身走下台阶，再去重新乘坐扶梯了。"这人这么快就放弃爬台阶啦。呵呵，老老实实等扶梯不就得了？"一想到别人可能会这样看我，我便觉得无地自容。不，虽然我也知道，台阶附近没人在意别人在做什么，但我还是有倔强的一面。

我一鼓作气向上攀爬。爬到台阶终点时，要是那里有寺庙之类的，我会满怀感激的。我一边思考，一边默默地攀爬。忽然，我有了一个新发现。

台阶侧面右边角落里写着一个小小的“40”！

莫非这是……我一边在脑子里数数，一边继续往上爬。数到十的时候，我又在台阶上发现了一个数字。这次是“50”。

果然如此！看来这些台阶数是由车站工作人员精确标注的，目的至少是给那些选择爬台阶的人一种“爬台阶的意义”。多么人性化的设计啊。

每十级台阶标注一个数字。终于数到“90”了。之后，每一级台阶都标注了数字。“91”“92”……我终于爬完了最后一级台阶，此时数字显示……“96”。

怎么会是这么个中间数！真希望把台阶减掉一级成为95级，或是干脆把台阶增加到100级！此刻，我感到全身虚脱无力。

因此，永田町站的巨长台阶好像共有96级。在爬台阶的过程中，起初我还在心里默默地数着台阶数，没过一会儿，我就上气不接下气，也就顾不上数数了。车站工作人员多次确认过台阶数了吧。太了不起了。

●黄金山

我很反感别人问我会做什么拿手菜。为什么要问这个？是想和我一起生活吗？即便如此，也应该这样提问：“我的拿手菜是俄罗斯甜菜汤，你呢？”按照这个顺序来问才合乎情理嘛。

不管怎样，我希望不要在说完正事之后顺便打听对方的拿手菜。虽然我无法解释清楚这种心理的微妙之处，可我总觉得这个问题会令人感到不快。

总之，我之所以坚持这种态度，是因为我几乎不做饭。不过我还是有拿手菜的，那就是炖菜。炖菜好做。选择恰当的食材，切成适当的形状，然后把它们随意扔到锅里，倒入适量料酒和酱油，再调整好火候，炖菜就做好了。

而且，做一次能吃几天，不用为吃什么而发愁。我做的炖菜往往不太好吃，对此我也感到非常困惑。但与炖菜的好处相比，这只是个小问题。

前几天，我与熟人A先生聊天时谈到了做饭这个话题。我们先是聊到了A先生的家庭生活。他们夫妇俩都有工作，都既勤奋又能干，所以做家务和照顾女儿就由两人共同分担。这也理所当然。虽然如此，可一旦具体操作起来，估计也会因各种情况而遇到诸多困难。

可是，A先生并没有气馁，他认定“这完全是理所当然的事情”，并且乐此不疲地做好家务、接送女儿上下托儿所。

对居住在同一屋檐下的人充满关怀和想象力，经常反复摸索“自己能做什么”。这种人（尤其是男性）在世上快要绝迹了。就算有，这么好的男人也不可能剩下，要么已经结婚，要么是独身主义者，觉得自己样样都行。

A先生属于前者。对于这一点，我真想咂嘴说一声“啧……”A先生做的饭菜究竟是什么样的呢？“你的拿手菜是什么？”当然，我不会问这种无聊的问题，我会饶有兴趣地听A先生讲他怎么做菜。

“我的拿手菜是‘黄金山’。”

“……那是一道什么菜？”“是我自己研究出来的

菜品。我还带着这道菜上过电视美食节目呢。首先，我用平底锅把鸡蛋液煎成圆圆的薄饼。”

“嗯。”

“然后把它铺在大碗里。”

“哦。”

“然后把米饭盛到大碗里，压得紧实一些，量大概有……五分之一左右。在上面撒上一层干松鱼，浇一些酱油。之后在上面添一层米饭，再压紧一些。接下来铺上鲑鱼肉松，之后添加米饭，再压紧一些，然后再撒上厚厚的拌饭料[①]，之后再加一些米饭在上面。”

“好了，已经够了吧。然后呢？”

“然后，把大碗翻过来扣在盘中，再把大碗拿走……这样，黄金山就做好了！因为在米饭里有干松鱼、鲑鱼和拌饭料，形成了夹层，所以切起来也很漂亮！而且，还可以根据自己的饥饿程度来调整层数，非常方便！”

A先生，A先生，这哪里是什么“美食”啊！你参加的是哪一档美食节目？

① 撒在饭上吃的粉状食品。内含食盐、鱼粉、紫菜、芝麻等等。

●有同伴内心便强大

现在，很多人正在经受着那个东西的折磨。那是一种肉眼看不见的威胁，是来自黄色微型颗粒的袭击。人们无法保护自己免受它的侵扰。呜呼哀哉！

一天，我在乘坐电车时，听到了两个高中男生的对话。

同学A：“啊呀，今天空气中的量好大。”

同学B：“你很难受吧。我完全没感觉。你连空气中有多少量都知道？”

同学A：“当然啦。我根据眼睛发痒的程度，还有打喷嚏的次数就能判断。”

同学B：“你呀……还真敏感！”

和A同学一样，连日来，我也饱受花粉折磨。虽然流着鼻涕，却还要面带微笑，这一点自不必说。我总觉得“真敏感”这句话中隐藏着一些深层次的内涵。

我能从B同学说话的语气中感知他的心情："小A啊，我这个人感觉迟钝，根本察觉不到花粉，也就体会不了你的痛苦，实在抱歉。"那么，被B同学认为"真敏感"的A同学呢，则是在一旁默默微笑。在我看来，这微笑里自然隐含着这样一层意思："别介意，小B。这种黄色颗粒，你察觉不到就最好了。我打心眼儿里希望你别得花粉症。"

在电车上，很少能遇到这种知道对方在真心为自己考虑的对话。因为这是在公共场合，周围都有人，人们在表达时往往会使用一些无伤大雅的语调和肢体语言。

但是，偶尔也会有像A同学和B同学这样，由一个无关紧要的话题引出一段真情流露的对话。这意味着两人是意气相投的朋友，意味着两人都很和善。我从他们温馨的对话中感受到了这些，便立刻记录在心中的小本本上，在"保持良好距离的两个人"一栏里。

我还想到了一点，就是"花粉症"对人们之间的沟通起到了很大的作用。

同患花粉症的人吸溜着鼻涕，并互相打招呼："今天的花粉量真大啊！""嗯，真是呢。"其中隐含着共鸣和连带感：“咱同病相怜，都在饱受同一种肉眼看不见的东西的折磨。”

在花粉症患者与没得花粉症的人之间，会有像A同学和B同学这样的对话，也会有不少人开玩笑打趣：“过几天你也会得花粉症的”“别说什么不吉利的话啊！”

没有花粉症的人之间也会通过这个话题来重叙旧谊吧。“你得花粉症了？”“没有没有。”“我也是。这个季节不得这病，我反倒觉得不好意思了。”

假设有一种过敏症，症状是“一看到月亮就会浑身长毛”。而且，患者在全世界仅有一人或两人。那么，患者即便想跟别人谈论症状，大家也都会大喊一声：“狼人啊！”然后仓皇逃跑。这样患者就会感到非常孤独。

有同伴，内心便会强大起来。自己和别人的差别，就类似于引起过敏反应的过敏原的不同，仅此而已。所以，那种拼命排挤异类的做法实在太过愚蠢。

花粉症不仅让我亲身体验到症状，它还教会我许多。起码，我会积极地思考。思考时，我还在吸溜着鼻涕。

●可爱的小“缺陷”

在电车上，我无意中听到了两位貌似公司职员的年轻女性的对话。

我在写散文时，常常选取在乘坐交通工具时听到的各种对话作为素材。或许有人会认为我经常偷听别人说话，像个间谍。事实上的确如此。不，我不是说自己是间谍。而是说自己特别喜欢竖起耳朵聆听别人的对话。那些陌生人过着怎样一种生活？他们在聊些什么？对此了解一二，我觉得很开心。

刚才提到的那两位女职员正在评论男同事。

“某某先生挺能干的吧。”

“嗯，他还挺关照我的，我觉得他人好又有能力。”

“可惜他是O型腿。”

我差点儿笑喷，幸好竭力忍住了。O型腿跟某某先生的能力究竟有啥关系啊！可是，“虽有能力，却有O

型腿”这句话，无疑拥有强大杀伤力。“啊，是O型腿啊……”说到这里，就不再继续评价了？这句话所包含的强盗逻辑和暴力逻辑抹杀了那位先生的能力和人品，并将其抛到另一个评价体系中。

对于那两位女职员，我毫无恶意，只是就事论事而已。因此，我偷听到这段对话后，就觉得更加滑稽：“别把不相干的事拿出来扯嘛。”同时我也认为：“偶然间，她俩的对话生动描绘出某某先生真实的一面。”

我和朋友们聊到了这件事。大家就“除了O型腿，还有哪些事情和现象具有暴力逻辑”这一问题进行了探讨。结果发现，“虽然很有能力，但他小拇指留着长指甲”这句话也属此类。

唯独小拇指留着长指甲。确实有这样的男士！为什么小拇指需要留长指甲呢？朋友语气肯定地说：“我敢打赌，绝对是为了挖鼻孔和掏耳朵才留的！”

而我不愿采纳这种说法。真的是为此而留的指甲吗？居然满不在乎地把小拇指指甲暴露在众目睽睽之下，真是难以置信！我不愿相信！即便是大叔，起码的羞耻心还是会有的吧。

这会不会是符咒或是许愿之类的东西呢？或许是工作中需要用到双手小拇指的指甲（那是一份什么样的工作？我实在想象不到）。我就是这样诠释那些只有小拇指留着长指甲的男性的。

但是，朋友们想到的“唯独小拇指留着长指甲”和O型腿一样，具有强大的杀伤力，能秒杀人的才能和人品，能轻易否定人的一切优点。

这是为什么？ O型腿、小拇指留长指甲，这些当然并不是坏事。可是，如果要我说，那么我认为，这些都是 “缺陷”，是那些有能力、性格好、近乎完美的人在不经意间流露出来的人情味，是原生态。

生活气息、习惯和个性，这些都是人身上最为本质的东西。无论你如何拼命工作挣钱、无论你和漂亮恋人如何交往，它们都不会消失，也装不出来，它们反映在腿型和小拇指的指甲上。人具有这些可爱的小“缺陷”是理所当然的。

●春日里的寂寞

天气暖和起来了。

我最近常在夹页广告的背面写下“今年春天想做的事情”。例如，“赏花、郊游、温泉、节食、漫无目的的单身旅行、沐浴着阳光看书”等等。其中好像混入了与春天无关的事情（节食），不过无所谓了。

当时我写得入神，不知不觉就写下了许多愿望。这些写在广告背面的文字如同咒语一般很不吉利。头脑冷静下来之后，我一个人待在房间里，漫不经心地看着这张罗列着“咒语”的纸，不觉羞得满脸通红。可怜的孩子！

例如，我从“漫无目的的单身旅行”中派生出新项目，写下了“去鸟取，在大山山lu（这个“麓”字我当时不会写）的酒店邂逅一位同样是单身旅行的男士”等文字。瞧我都写了些什么呀！当时一定是脑袋发烧，热过头了。

但在现实中，我的生活与这些春天的活动相去甚远。春天，我每天都在饱受花粉折磨，只能用纸巾塞住鼻子，在这种状态下对着电脑工作，日复一日。别说去鸟取了，就连附近的超市，我都很长时间没去过了。

试想一下，我没怎么参加过春天的活动，也没参加过圣诞节之类冬天的活动。总之，我与活动无缘。

单是赏花这件事，我就没有体验过。我一直以为，所谓的赏花就是“看樱花”。在樱花盛开的季节，只要走在路上，即便不愿看，樱花也会映入眼帘。我常说：“赏花？我已经赏过啦。”大约三年前，朋友委婉地提醒我：

“我告诉你，赏花指的是一边赏樱花，一边在樱花树下吃吃喝喝哦。”

原来是这么回事啊。其实，我也这么想过。顺便提一下，我还一直对“赏红叶”活动有误解，以为是捡些红叶后就回家呢。实际上，好像也可以光看不捡的。

为什么“赏花”不能光看，而“赏红叶”就可以呢？我想不通。而且，这两个活动我都没有参加过。

或许是我忘记了？于是我试着打开尘封的记忆，但还是不记得曾经出门赏过樱花或红叶。

在我记忆中，或许能够算得上赏花的活动仅有一次，那是在我三岁那年的春天。那天，我和父母一起在院子里摊开野餐垫享用午餐，吃了饭团。为什么要特意在自家院子里吃饭团呢？这是个谜。那天天气不错，也许是我父母想换个地方吃饭吧。也许是因为没钱出门游玩吧。想到这里，我不由得抽动了一下鼻子。

那时的我感到十分幸福。有父母在身边，阳光暖暖地洒在身上，饭团也很好吃。但同时，我也感到了悲伤。当时，我饭团上的配料（鲑鱼）掉落在地上。我眼睁睁地看着蚂蚁们把它搬走，心想：幸福中也有悲哀啊。

我感觉当时院子角落里的樱花开了。不过，那或许只是我的错觉，我把樱花的颜色与蚂蚁们搬运的鲑鱼的粉色混淆了。

自我开脱的心境

那是一家昏暗的小酒馆。店里有飞镖玩具，漂亮时尚的年轻男女常在此聚会，所以我都不大好意思去。不过我仍然常去光顾。因为那家店就在我家附近，而且饭菜也好吃。

那天，我没有画眉，还穿着起球的毛衣，可我觉得这也没啥问题。因为那里离家真的很近，走三分钟就到。而且我想，反正店里光线昏暗，没人会注意到我……我这么说，像是在拼命找借口。

我在店里吃东西的时候，有一对年轻情侣玩起了飞镖。女孩子越玩越起劲，把男人晾在了一边。男人满脸不高兴，而女孩子似乎并未觉察到这一点。

女孩子投出的飞镖严重偏离了靶心。就在那个瞬间，男人说："真差劲啊。那边那个丑女在嗤之以鼻，笑话咱呢。"

刹那间，店里一片沉默。我当时正在看书（我不怕昏暗），并时不时地关注游戏的进展。听他这么一说，我心想：“喂喂，你说啥呢？”我抬头一看，发现店里的女人，除了那个玩飞镖的女孩子以外，就只有我了……

哎，你等一下！我才没有嗤之以鼻嘲笑别人呢！我就连表情都没有变过。话说回来，你说我是丑女，到底是啥意思啊，喂！

我的脑海里立刻浮现出以下想法。

一、又不是小学男生，就算醉得再厉害、心情再不好，也不会有哪个男人会公然放话喊别人“丑女”吧。我一定是听错了。

二、“那老板在嗤之以鼻，笑话咱呢。”“那头牛在嗤之以鼻，笑话咱呢。”“那酒保在嗤之以鼻，笑话咱呢。”……不行啊，怎么都不像是听错了！

如果没听错的话，那就是我产生了幻听。我有被迫害妄想？或者说：“根本没人会在意你的长相？”肯定是这样的。

为寻求帮助，我怯生生地把视线投向坐在旁边的一位陌生男士。他察觉到我的目光后吓了一跳，不情愿地看着我说：

“他喝醉了。”

哎呀，果不其然！那个飞镖男说的果然是“丑女”。我无力地回应道：“好吧……”接着，我又继续看书。

此时此刻，我想到的是：自己已经是个成年人了。即便被人叫成“丑女”，我或多或少也会接受：“哎，是啊。因为自己出门也不打扮一下。”

这事情如果发生在青春期，那么我敢肯定自己会受到很大伤害（不是我吹嘘，在我青春期时，我曾经清楚地听到一位过路男子突然叫我一声“丑女”）。这要是发生在几年前，那时的我还算有棱有角，肯定会直接跟对方干仗：“有种你出来，你是想要让我把你的脸揍开花吗？混蛋！”

可现在，我也只会每晚诅咒一下。“你这个心灵丑陋的男人，我盼着你被女朋友甩了。”我已经成为一个具有高尚人格的人了。莫非，我要成佛了？

屋顶下沉睡的万物

我忘记那天和母亲一起吃午饭时聊的是什么话题了。

“嗯，那就是‘积雪覆盖了太郎的屋顶’吧。”

我说道。

“你说什么呢？”

母亲问道。

这是三好达治[①]写的一首诗，题目是《雪》，具体内容如下：

让太郎好好睡吧，积雪覆盖了他的屋顶。

让次郎好好睡吧，积雪覆盖了他的屋顶。[②]

---

① 三好达治，日本著名诗人，诗歌内容多为清新的抒情的风格。

② 原文为：太郎を眠らせ、太郎の屋根に雪ふりつむ。次郎を眠らせ、次郎の屋根に雪ふりつむ。

这首诗出现在语文课本里，而且比较简短，所以我一直记着。

“课本里有这首诗的。讲的是在寒冷刺骨、雪花纷飞的日子里，太郎和次郎在各自的房间里熟睡。”

我向母亲解释道。

“……是狗吗？”

母亲问道。

怎么会是狗呢！虽说南极也会下雪，但怎么会是狗呢！

母亲的这个提问深深地刺激了我，以至于我都忘记了我们所聊的话题。

对母亲那一代人而言，“太郎和次郎＝《南极物语》[①]中的狗的名字”。这一“常识”已经深深植根心中，很难从记忆中抹去。对此，我感到十分惊讶。同时，对母亲如此缺乏诗意，我也不禁感到诧异。

可仔细一想，三好达治的确只提到了“屋顶”，也无法证明这不是狗舍的屋顶。我肆意想象着那里下起了

① 《南极物语》片中讲述了雪橇犬的忠诚而悲壮的故事。

很大的雪，积雪覆盖了狗舍。可是，我的这一想象本身或许就是个错误。

我尝试把诗中的太郎和次郎设定为狗，尝试想象当时的情景。

结果会如何呢？没什么别的问题吧？静谧的幸福感、些许的寂寞，我感觉，无论屋顶下面熟睡的是人还是狗，都无碍于那些情感的表达。的确，这才是这首短诗坚毅的灵魂所在，是语言的力量。我再次深刻体会到三好达治高超的文学水平。

我还尝试把太郎和次郎设定为各种各样的动物和事物，并想象各种各样的情景。例如，猫、马、长颈鹿、金鱼、老爷爷精心栽种的盆景（“太郎松”和“次郎松”）等等。

都行，都行得通的！凡是冬眠的生物都行，不，不是生物也可以。只要能让人类对其产生共鸣和喜爱之情，那么，无论是什么，都可以成为这首诗中的太郎和次郎。例如，对爱车之人而言，即便给车取名“太郎”和“次郎”，那么这首诗所展现的情景也都有效吧。这时，“太郎的屋顶”就成了车库的屋顶。就连无机物都可以容纳宽广的胸怀。太了不起啦，三好达治!

我唯一觉得不妥的，就是把太郎和次郎设定为恐龙。因为恐龙实在过于庞大，很难睡在屋顶下面。而且我自己又不太喜欢恐龙。也就是说，完全是因为我缺乏想象力以及对恐龙的喜爱程度不深，因此我也反省：“可不能这样了！”

在这片祥和与宁静中，狗狗们安静地睡着了。

●想象中的酸味

几天前，我回到娘家，看到父亲坐在客厅的桌边正专心致志地剥着西柚皮。

平时不管什么事情，父亲都挺懒散的。唯独对剥果皮这件事情，他的态度截然相反。就连桃子和苹果，他都会非常认真地剥。在剥柿子皮的速度和准确度方面，父亲的技术给人感觉非常专业。

在剥柚子皮时，父亲也是一脸认真的表情。父亲不是剥一瓣吃一瓣，而是在全部剥完后，先是心满意足地欣赏自己的作品，再一口气吃掉。他总会一瓣一瓣地、认真剥去西柚的薄皮，再把果肉堆在一起。

我心想："哈哈，他正忙着呢。"在观察父亲的时候，我注意到一件怪事儿。在剥柚子皮时，父亲嘴里总是不停地发出"嘶——嘶——"的声音。那声音听起来就像手指倒刺处的伤口沾到西柚汁后感觉刺痛难忍时发出的声音。

“您怎么了，老爸？伤着哪儿了吗？”

我问道。然而正在专心剥皮的父亲并没有明确回答。他只是发出“嘶——嘶——”的声音，继续默默剥皮。

我开始担心起来。明明是倒刺部位相当疼痛了，父亲却还在忍。可是，我劝他：“我来剥吧。”父亲却回答：“不用不用。”他要将剥果皮进行到底。

这么固执干吗呀？我继续看着父亲剥皮。父亲终于剥完所有的西柚瓣儿，他开心地把高高堆起的果实一块儿一块儿地送进嘴里。

“老爸。”

我开口说道。父亲像是终于有空倾听周围声音了似的，回复道：“不给你吃哦。”他又说，“因为这些都是你老爸我自己剥的。”

“不，我不是问你要吃的，是想问你为什么刚才在剥果皮时还发出‘嘶——嘶——’的声儿啊？”

“我说过吗？”

“还说个不停呢！”

父亲一边闭着嘴巴咀嚼，一边说道：“大概是因为看着就觉得酸的吧。我一看到柑橘类的水果，就会发出‘嘶——嘶——’的声儿。”

“啊，不只是剥西柚的时候啊？”

“嗯，我剥甘夏橙[①]、伊予柑，还有在剥橙子时，都会心想：‘嘶——好酸’。”

“您不只是觉着，实际上您还说出来了呢。可现在您还这么大口大口吃西柚，您一点儿都不觉得酸？”

“这个西柚啊，吃起来并没有想象中那么酸啊。”

做了30年父女，我竟然完全没注意到：父亲在剥柑橘类水果的果皮时，一定会发出“嘶——嘶——”的声音。而且，他给自己找的理由是：那“想象中的酸味”使他不由自主地发出声音来。

我想，父亲对酸味过度“杞人忧天”的样子好愚蠢啊。可是，父亲在剥果皮时想象着那种酸味，并发出“嘶——嘶——”的声音。看来他享受这个过程比他吃果肉还要开心。这件事使我明白：想象力可以为日常生活带来刺激。

---

① 日本产的橙子品种之一。

●热情的涨落

最近，我家厨房非常干燥。因为我懒，根本不做饭。我会在半夜里去连锁的居酒屋，吃一顿迟来的晚餐。

末班电车驶过之后，我家附近人影稀疏。就连整晚营业的居酒屋都冷清得令人有些担心："还有必要整晚营业吗……"店员们也失去了高峰时期的那种活力（"欢迎光临！""乐意效劳！"他们在寒暄时，声音高亢有力），他们有气无力地招呼着客人："啊，晚上好啊。"店员们会在没有客人的角落里，一边清洁地板，一边叽叽咕咕低声谈论烦心事。

前几天，我听到有一位店员说："我可能要和女朋友分手了。"那时，我正吃着辣白菜炒饭，耳朵瞬间长成小飞象丹波[1]的那般大小。一位像是前辈的店员在一

① 丹波是《小飞象》中的主人公，是一只蓝色的长着大耳朵的小象。

旁倾听，并回应道：“嗯，嗯。”虽然我以平生最慢的速度一点点地喝着啤酒坚持听下去，可他俩的交流没有得出结论。

真是冷清啊。末班电车驶过之后，我家附近的居酒屋仿佛是盂兰盆节过后的海水浴场，热情尚未散尽，却已变得冷清。可我并不讨厌这种氛围。我估算好末班电车开走的时间之后，不由得走出家门前往居酒屋。

尽管感受了氛围，可我却长胖了。三更半夜还喝啤酒吃夜宵，长胖也是罪有应得。还是得自己做饭过日子啊。我虽然这么想，可是我的书已经侵占了厨房，要想把电饭锅从书堆中挖掘出来，似乎要花不少工夫。

前几天，我把这些事说给一位中年男性朋友听。他回答：“这可不行啊。”

“你可以去赶赶海啊[①]。一想到那些都是你亲自捡来的贝类，你就会想做饭了。用它来做味噌汤，可以缓解宿醉哦。我呀，平时常去三浦半岛赶海呢！”

我想：能够缓解宿醉的，不是蛤仔而是蚬吧？此外

---

① 赶海是指人们根据潮涨潮落的规律，在潮落的时候，在海滩或礁石上采集或打捞由于涨潮被海水冲到近海的海产品。

还有一点让我十分介意。

“唉？平时……那你怎么上班？”

“当然是请假啦！”他自信满满地说，“赶海是我毕生的事业。如果感觉今天会有收获的话，那就不该去上班！”

“啊……”

“不过那天我也是惊到了。当时我正全神贯注地挖呢，居然听到有人喊我名字。我还以为是谁呢，没想到竟然是公司的一位女同事。前几天我告诉她：‘那边的海岸不错，能捡到很多贝类。’没想到她居然这么快就行动了，并且还动员她丈夫一起捡。于是我们来了个大比拼。她和她丈夫还有我，为了赢得赶海能手的头衔，我们各自默默地拼命挖洞！”

与公司业务相比，这个公司的职员们显然更热衷于赶海，这到底是一家什么公司啊？不过他们都挺开心……

我也决定不再沉浸在“盂兰盆节过后的海水浴场”的氛围中，我得恢复活力。既要捡拾贝类，还要收获爱情！就这样，我一边反省自己，一边聆听大叔讲“赶海

勇武传”。据说他经常出入各处海岸，生怕贝类被别人捡完了。这是怎样一种劲头啊。是来自蛤仔的能量？

文库追记：我从未赶过海，与季节性的活动无缘：赏花赏月可能有过一次，没有赏过红叶，就连日新月异的“海边小屋”，我也已经有30年没去了。真是毫无趣味的人生。为什么我会陷入这样一种状态呢？其中有一点原因，就是不管哪个应季的活动，我都不太想一个人参加。但细想一下，我就又会关注那些我并不想关注的事实，所以就此打住。

●老师的帽子

我从朋友那里听说这样一件事情。

在上初中高中时，他有一位教体育的某某老师，无论何时都戴着一顶漆黑的棒球帽。上体育课自不必说，出席开学典礼、毕业典礼的时候，他即便是穿着西装，脑袋上还会戴着棒球帽。

虽然帽檐下面有头发露出，但学生们却非常清楚地知道："绝对不可以去求老师把帽子摘掉。"

学生们言之凿凿地推测出两种可能性：某某老师是个秃顶，闪亮发光；老师那些隐约可见的头发也有可能不是自己的，而是棒球帽上自带的。

我想，某某老师和帽子如此融为一体，那么大家就分不清某某老师是帽子呢，还是帽子是某某老师了。如果在街上与不戴帽子的老师擦肩而过，估计学生肯定认不出那是某某老师。

我偶尔会听到有人悲叹自己记不住他人的长相。而我，何止是记不住长相，我甚至在打开冰箱时连自己要拿什么都想不起来了。但是，如果平时能把名字和脸对上号儿、反复八次（太多了吗？），那么我应该就能自然而然地记住谁是谁了。

这么想还是为时过早，因为有的长相确实很难给人留下印象。这有什么可隐瞒的？我就长着这样一张脸。我偶尔在路上遇到父母，他们甚至会径直走开。一开始我还想："居然对我视而不见，什么人嘛。"但实际情况似乎并非如此。我主动跟他们打招呼后，他们惊讶地回应道："啊呀，是你啊。"我这长相就是很难给人留下印象，甚至都会被我父母遗忘。

所谓"很难给人留下印象的长相"，我觉得就是那种大众脸。我还经常被别人认错。我走在路上，有人叫着别人的名字和我打招呼。这种事发生无数次了。与此相反，还有好几次是熟人问我："前几天你是不是去那儿了？"而我并不记得那天去过那里。我该不会是灵魂出窍飞去那里了吧？抑或是我无意中启动了另外一种人格，在用别的名字生活着？我偶尔会感到细思极恐。

在思考有关长相的奇闻怪事之时，我总会想起罗伯特·德尼罗主演的电影《弗兰肯斯坦》。我专门去电影院看了。放映结束，影院灯光一亮，我朋友就问道：“哪里有罗伯特·德尼罗？”

演弗兰肯斯坦的就是啊。尽管演的是幻想出来的人物，尽管竭尽全力地塑造角色，使自己在每部作品都展现出不同的形象，可观众看完整部电影后却还没认出主演是罗伯特·德尼罗，他的演技实在太了不起了。

当时我想，人的长相或许是不断变化的，这一点出乎意料。即便不是演员，也未必能永远保持同样的外貌。例如，人们会根据不同场合来变换着装，也会因宿醉脸部浮肿起来，还会因感冒而鼻音严重，等等。

这样一来，可以说，人不仅根据长相，还会结合身材、声音、气味、气场等多种因素、瞬间进行综合判断，以此来确定眼前的这位就是“那个人”。（我呢，不仅长相无法给人留下印象，而且气场太弱、存在感过低。）

从这一点上讲，某某老师戴的帽子就是他“脸”部的固有特征。这也令人羡慕。某某老师和帽子真是一对好搭档。

连麻雀都比不上

我在同一座城市（俗称：狂野之城的虚无之地）居住了多年。大约两年前，我搬了家。因为家里的书（说是书，其实多为漫画书）越来越多，空地儿越来越小。

我以前在散文作品中都习惯把自己住的公寓称作“火宅”，把父母和弟弟住的房子称作“书宅”。本书中收录的散文，大多是在报纸或杂志上发表过的，并没有使用“火宅”一词。因为我担心，突然使用这个词，读者非但理解不了，反而还容易造成误解（理解成《火宅之人》中的人了……）[①]。

但在这篇文章中，我觉得可以露出马脚（？）来。正如文章开头所提到的那样，两年前我离开了火宅，搬迁到新火宅。请允许我把这个新居称为“火宅二号”。

① 《火宅之人》是日本一九八六年上映的一部电影，讲述了有家室的作家桂一雄出轨后在感情与理性之间相互纠结的故事。

不管是"火宅之人"还是"火宅二号"，我都想把这个名称确定下来。

在火宅二号的院子内，适当地种了几棵树，草儿也生长茂盛。或许是因为这个原因，各种小鸟都会飞到这里来。早晨是麻雀的大合唱，非常吵闹。到了冬天，金桂树下会有鸟儿的粪便。把金桂树当厕所的，好像是一对灰喜鹊。由于那些有粪便的地方是我的必经之路，因此我非常希望它们换个地方上厕所。然而那对灰喜鹊却是一副事不关己的样子，继续停留在自己喜欢的树枝上，随意排便。我就这样过着饱受鸟儿们折腾的生活。

五月的一天午后，火宅二号的内线电话叮当作响。"谁啊？"我嘴里嘟囔着，接起电话，发现并不是前来报恩的仙鹤[①]，而是住在附近的父亲。

"我来看看你。"

"您不用过来，反正我还是老样子。"

"嗯，你还是老样子。但是我看见有一只麻雀幼鸟

① 仙鹤报恩是日本异类婚姻故事之一，讲述的是仙鹤为报答男子的救命之恩而嫁给了他，并用自己的羽毛织出美丽的织锦，在被识破后最终离去的故事。

落在你家院子里了。”

您倒是早说啊！我马上跑到院子里看发现父亲已经站在茂盛的草丛旁，得意地指向草丛，说：“你看！”我顺着他指的方向看去，果不其然，有一只麻雀幼鸟摇头晃脑地正走来走去。

它好像尚未成年，整体呈灰色，肩膀处还残留着柔软的胎毛。它好像还不会飞，但正精神饱满地在草丛中散步。

“哎呀，哪儿有麻雀窝啊？我想把它还回去……”

“别呀，等等。我刚才试抓了一下，可它实在太过敏捷，我怎么也捉不住（喂，这位大叔，您擅自闯入别人家院子要干吗？）。而且，我们就这样稀里糊涂地摆弄它可能也不太好。我曾听说，如果幼鸟沾上人的味道，它父母就会嫌弃它，不再给它们吃食了。”

“那，我们应该怎么办？”

“放任不管。”

“唉？！”

“人类绝对不能过度帮助自然界的生物。”

“您说的，都是在《开心有趣动物乐园》（很久以前的电视节目）里听来的吧。可是既然看到了这种迷路的幼鸟，我们必须得做点什么了。”

“没事儿的。”

“为什么？”

“因为它父母已经来了。”

父亲指了指驻足在隔壁屋檐下的两只麻雀。

“……您能怎么知道那两只麻雀就是这只幼鸟的父母呢？”

“你听它们叫个不停，像是很担心的样子。而且外形跟这只幼鸟很像。”

“麻雀都是叫个不停的，而且它们长得都差不多呀。”

“总之，就先别管它了。它父母可能会来给它喂食的。”

父亲说了声“再见”就回去了。这算怎么回事儿啊？

我又观察了一会儿在草丛中走来走去的幼鸟，它还是没有要飞走的意思。于是我决定给它撒些面包屑，然后回到屋里，透过窗户观察它的情况。

这时，隔壁屋檐下的那两只麻雀陆续飞到幼鸟所在的草丛附近。两只麻雀“叽叽喳喳”地叫着，幼鸟也“啾啾”地应答，告知它们自己的位置。好像还真是麻雀父母在给幼鸟喂食。我父亲偶尔也会一语中的，直指事物的本质啊。

麻雀似乎比我想象的还要聪明。我没想到它们竟然能注意到幼鸟已经不在鸟巢里，找到自己孩子后，它们还会给它喂食。

如果有猫或乌鸦来袭，我必须马上跑去保护幼鸟。于是我一整天都待在窗边，从远处观察那片草丛。

第二天早晨，我像往常一样被麻雀的叫声吵醒。从窗边望去，我看到像是那只幼鸟父母的麻雀们在草丛中进进出出。等到喧嚣告一段落，我来到院子里，朝草丛望去。幼鸟还在那里蹦蹦跳跳地走来走去。

我拨通了父亲的电话。

“老爸！您说得没错，屋檐下那两只麻雀好像真是幼鸟的父母呢。过了一夜，我还担心它们会忘了幼鸟，结果今天早上发现，它们又来给幼鸟喂食了。”

“我说是吧。父母都是这样的。”

父亲这人啊，即使是在路上相遇、即使约在地铁站见面，他也认不出自己的孩子，只是茫然地从眼前走过。这方面他明明不如麻雀，还说什么大话！

“……先不说这个。”我回应道，“麻雀一般一次孵出几只幼鸟？”

“这个嘛，我印象中是一窝能有三四只吧。”

“也就是说，麻雀会数数咯？‘一只，两只，三只……哎呀，不好了！亲爱的，我们可爱的孩子少了一只！’‘什么！奇了怪了！咱赶快去找吧！’也就是说，它们发现自己孩子不见了？”

“呃……”

“再进一步说，就是这两只麻雀父母一直都在寻找丢失的那只幼鸟。我有点担心，留在鸟巢里的幼鸟们会不会饿死呢？”

“这就不好说了，毕竟是鸟嘛。说不定已经忘记留在鸟巢里的幼鸟了。”

“父母就是这样的嘛！”

“这是麻雀们的亲子关系，不管你怎么责问我，我也没办法啊。”

总之，那天我又撒了些面包屑，然后在窗边继续观察。麻雀父母大声呼唤着幼鸟，像是在催促它赶快起飞。

第三天早晨，麻雀的叫声比以往更响了。我十分担心，于是跑到院子里，发现有许多麻雀站在屋檐下或树枝上。其中，还有几只像是小麻雀，身体紧绷的样子。

我往草丛中一瞥，发现幼鸟不见了。那些飞来飞去的小麻雀中有那只幼鸟就好了，可幼鸟会不会被猫或乌鸦吃掉了呢？

我赶紧把父亲叫来，两人一起在院子的草丛里找寻，都没有发现那只幼鸟。

“我寻思着，”父亲说道，“那只幼鸟恐怕是顺利飞走了吧？”

“您这么想有什么证据吗？它有可能被天敌吃掉了哟。”

“要是那样的话，就应该会有惨案留下的痕迹。”

据父亲推测，幼鸟是兄弟姐妹中最后离巢的。可它却操之过急，还是飞不起来，结果掉落在火宅二号的院子里。但是，麻雀父母找到了它们最小的孩子，每天不厌其烦地来到草丛中给它喂食，直到它真正会飞。

“真是一个非常乐观向上的故事啊！”

我佩服地说道。

“没有悲观的理由。你看，它们多么开心。”

我顺着父亲的视线望去，发现有好几只麻雀在树枝间飞来飞去，在屋顶上不停鸣叫。听父亲这么一说，我感觉麻雀幼鸟也精神抖擞地加入了麻雀群的行列。

“通过这件事，我明白了麻雀的爱之深、情之切。”

“父母嘛，就是这样的。”

父亲又说道。

就在这时，快递员拿着快递来到院子里。为保险起见，他进行了确认，的确是我的快递。我签字接收。快递来的是一箱芦笋，是我住在北海道的朋友寄来的。

“紫苑！”在一旁看到我签收快递的父亲说道，“你爸我啊，很喜欢吃芦笋的。”

“……”

没辙，我只好分一些给他。父亲单手拿着一捆芦笋，得意扬扬地回去了。

麻雀慷慨地给自己孩子喂食，而父亲却毫不犹豫拿

走了我的芦笋。

我真希望父亲能够向麻雀学习一下“什么是爱之深、情之切”。

文库追记：还有另外一只麻雀令我难以忘怀。那是一个冬天的夜晚，我喝醉了回到家里。正要打开玄关门时，我突然察觉到某些异样。我仰头望去，一只麻雀刚好夹在玄关外的门灯和墙壁之间狭小缝隙里。它像是自己飞进这个缝隙里，在那里取暖睡觉。麻雀朝我这个方向看来，像是在说：“好吵啊。”我和麻雀四目相对。“不好意思。”我向它道了声歉，便赶忙进入房间，以免妨碍它休息。冷静下来之后，我想，这不是我家的玄关吗？为什么我这个户主反倒要偷偷摸摸地呢？

虽说如此，我还是挺佩服这只麻雀。它居然能找到那样的缝隙。这只挤在缝隙中的麻雀模样非常可爱。我每晚都从家里偷偷打开玄关的门，朝门灯望去。麻雀必定在那里注视着我，像是在说：“干吗呢，还不赶紧睡觉去。”

我就是这样度过了两个冬天（从春天到秋天，它似乎有别的栖息之处）。但从前年开始，即使天气非常寒冷，那只麻雀再没来过我家的门灯处。“我已经找到适合冬天睡觉的地方啦。”它是不是还没给伙伴留下这句遗言就寿终正寝了呢？ 现在，一到冬天，我偶尔还是会在睡觉前确认一下那只麻雀是否出现在玄关的门灯处。与我的期待相反，缝隙里没人（此处指的是没有麻雀）。我感到非常寂寞。我会一直等着它回来，等着它再次钻进我家玄关外的那个缝隙中。

辑三

×

旅行

●和谁去旅行

关于旅行，以前我只在意“去过哪里”。可最近发生了一件事，让我再次深刻体会到“和谁去”也是决定旅行成败的重要因素。

夏季接近尾声时，我和母亲来了一次三天两夜的短期旅行。我们原本打算入住一个高档点的酒店，悠然自得地欣赏风景，再逛一逛美术馆。

起初，旅行一切顺利。我们在电车上品尝了美味的便当，到达酒店后休息放松，母亲也是心情大好。我们唯一担心的就是即将到来的台风，但我和母亲达成一致意见：“算了，要是出不了门，在酒店里转一转也行。”之后，我们便平静地上床歇息。出门。我们参观完美术馆，出来时，外面已是暴风骤雨。母亲责备道：“台风都要来了，还筹划旅行，你考虑事情也太不周全了。”她还摆出一副要用雨伞揍我的样子。对此我也就忍了。因为我知道，即便反驳她“我在知道台风要来之前就订好了旅行计划”，也是徒劳。

我们顶着狂风回到了酒店。我原本想“好了，今天一定要早睡”，可母亲却和我聊到了半夜。

聊天内容无非就是她对亲戚和丈夫（我父亲）的抱怨。“这关我什么事！”这句话我曾无数次忍着不说，可最终还是忍无可忍，脱口而出。这时，母亲训斥道：“你这丫头，太冷酷无情了。”（恕我直言，为母亲制订旅行计划、做好旅行准备、承担食宿等花费的人可是我啊。唉，母亲真是蛮不讲理。）

吵完架后，我们各自上床歇息。刚一躺下，母亲的鼾声又响了起来。而且，这次的响声和昨晚不太一样，像是“一位大叔在模仿狼的嚎叫”。我还担心母亲是不是被恶灵附体了，但她酣睡时的表情却很安详，只是这鼾声像极了“大叔模仿的狼的嚎叫”。什么嘛，难道是在吓唬我吗？

我下定决心，再也不和母亲一起去旅行了。

包袱皮

我的旅行包常常坏掉！

我过的并不是那种“一年中有三百天都在旅途”的生活。其实我的生活状态是“一年中有三百六十天都足不出户、案牍劳形”。我不知在这里该用表示转折的词，还是该用表示因果的词。最近，只要我出门旅游，旅行包的提手必定会断掉。也许是因为在家闲置太久，“提手”这家伙是待废掉了（身心俱废）。

虽然我有两个旅行包，但提手都断了。其中一个提手是我在东京站小跑前行，正要通过新干线的检票口时断掉的。断的可真不是时候。新干线马上就要发车了。由于拉链没拉好，再加上提手断了，我的行李在检票口散了一地。身旁的大妈捡起毛袜子递给了我……

我的包的确不是一般的沉。这是因为我常常在工作还没完成时就出门旅行。明知这么做并不潇洒，但我还是把笔记本电脑和书什么的全都塞进了旅行包。估计旅行包也想说："已经超重啦。"

我想，最好还是买一个提手部分较长并带有脚轮的结实的旅行包。那样就可以拉着包行走了。还有一种包，折叠提手之后就可以放在行李架上，看起来很方便。

可是，我对东西宽度不够敏感。当我拉着带有脚轮的包行走时，会碰到行人或路上的广告牌，这样就会给别人增添许多麻烦。要是包不贴近身体，我就很难判断它能否顺利拐弯。

所以，最近，我开始用起了包袱皮。我把笔记本电脑和书本装在结实的布袋里，背在肩上，把换洗衣物和零碎杂物用包袱皮包好，用手提着。虽然我这副模样看着就像"二战刚刚结束时那些乘坐火车采购商品的人[①]"，但包袱皮的确很方便。渐渐地，我买了各种各样花纹和材质的大包袱皮。我再也不用担心提手坏掉了，到达酒店后，我把衣服挂在衣架上，还能把包袱皮

① 二战结束后，由于日本国内资源紧张，人们会乘坐火车前往大城市采购商品。

当作丝巾来用。

在旅行地点转场喝酒时，人们有时会感觉“入夜后会有点冷”。这时，我只要把包袱皮围在脖子上就没事。觉得没事的只有我自己。同行的朋友立刻指出：“这个，是包袱皮吧。”

文库追记：现在我最喜欢的，就是熟人送我的那块“带有树懒图案”的包袱皮了。亮黄色的底色上用绿色描绘出树懒的脸，可爱极了。这位熟人对我说：“我挑选树懒图案，可没别的意思啊。”

●伊势乌冬面

你吃伊势乌冬面了吗？

提问如此唐突，实在抱歉。尽管我父亲的老家在三重县，尽管我已去过伊势好多次，但在几年前，我连伊势乌冬面是什么都不知道。

俗话说，“特产中看不中吃”。如果伊势特产伊势乌冬面果真那么好吃，那它早该像赞岐乌冬面一样称霸乌冬面业界了，莫非是伊势乌冬面很难吃？

在我的朋友和熟人当中，那些吃过伊势乌冬面的人对此全都含糊其词。“它会颠覆你对乌冬面的认识”“根本没有弹性”“味道比较微妙”。也许，这些评价与其说是含糊其词，不如说，更明显倾向于“难吃”。

几天前，我去了伊势。在好奇心的驱使下，我终于品尝到了伊势乌冬面。

据说，伊势乌冬面是江户时期商家专门为那些来伊势参拜的旅行者们发明的食品。用现在的话来说，伊势乌冬面就是一种“快餐”。乌冬面制作简单，可以站着吃，还不烫手，所以很容易端起面碗来。

什么？不烫手？难道是乌冬凉面吗？

我先从结论说起吧。其实，伊势乌冬面既不凉也不烫。以前，我还很犹豫，不知如何判断汤汁的冷热。因为碗里已经盛有浇了黑色作料汤汁的极粗的乌冬面。

汤汁基本上由酱油和料酒调制而成。如果非要用温度来表示，那么应该说是温乎的。与汤汁的深色相反，味道却很柔和，出乎意料。

但是，比起汤汁味道，伊势乌冬面更为重要的一个特点是，这种极粗的乌冬面没有任何弹性。它没有嚼劲，就像是婴儿餐或病号饭，口感令人震惊。的确，它毫不在意地忽略掉了近来乌冬面业界重视嚼劲这一常识。要想使煮出的面条如此软烂，势必花费不少时间。所以，据说店家一大早就要事先把伊势乌冬面全都煮好，然后放在一边备用……或许伊势乌冬面本身就没有嚼劲这个概念。

不过，说实话，我完全不排斥伊势乌冬面！我吃得津津有味。那味道真是令人怀念。那是我对母亲提出抗议时的味道：“老妈，你煮面时又煲电话粥了吧！”那也是家人团聚时的味道：“用吃牛肉火锅剩下的汤汁来煮乌冬面会很好吃吧。”

伊势乌冬面不仅养胃，还给我留下了美好的回忆，真是一个令人回味无穷的名特产。你吃伊势乌冬面了吗？

●滨松的鳗鱼饭

我因公干去了一趟静冈县滨松市。说到滨松，我首先想到的就是鳗鱼饭。滨松站前有一家鳗鱼餐厅，午饭时间，我就去那里吃了顿鳗鱼盒饭。

好吃，太好吃啦……肉质厚实，入口即化，香气四溢。还有，酱汁的味道浓郁醇厚，馋得我都想求老板娘："麻烦给我来点儿酱汁吧。我想拿它来拌饭。"既非肉，又非鱼，你究竟是何美味？（是鳗鱼）

我偶尔会把真空包装、薄如纸张的熟食鳗鱼加热后食用。在我看来，正宗的鳗鱼仿佛神灵所赐，美味满溢。

结束一天的工作之后，傍晚，我和同事又回到了滨松站前。大家商量后，决定"找个地方小酌一杯"。讨论小酌地点时，不用说，所有人都不约而同地直奔中午去过的那家鳗鱼餐厅。

这次，我们要慢慢品酒，尽情享用白烤鳗鱼、猪肝烤串等美味，最后再来份鳗鱼茶泡饭。我还是第一次连着午饭和晚饭都吃鳗鱼，不过，也许是因为烹饪方法不同的缘故，我百吃不厌。大家都激动得热泪盈眶，感叹道："天堂里的日子也不过如此吧。"

可是，令我们感到难为情的是店员的一番话。她一眼就认出了我们，问道："哎呀，你们中午也是来这里吃的吧？"这些人是想要多补充点精力吧？店员不这么看我们，我们就已经谢天谢地了。

在回去的新干线上，我们继续把酒言欢。在此提醒读者朋友一下，滨松站台的售货亭不出售当地的杯装酒。为购买本地酒，我们还从检票口返回车站内的土特产品柜台购买。这里特别值得一提的是静冈人的大度和热心。得知我们"忘记购买本地酒"之后，站台售货亭的大妈和车站的工作人员都回应道："那太可惜了。你们赶快去买吧。"说着，便爽快地让我们通过了检票口。

如果从严格的检票制度这一角度来考虑，其实这是不允许的，但是车站的工作人员很是大度，他们认为

“不品静冈酒，枉来静冈游”。在这种想法的指引下，他们为我们行了方便。拜他们所赐，我们尽情地品尝了静冈县的名特产品。我们感叹：“此次在静冈遇到的人，都是热心肠啊。”我感觉，这样的记忆也会使我们脑海中的鳗鱼、特产酒更加美味。

我真切地感受到，旅行的乐趣在于美食和邂逅。

●旅行的萤乌贼

住在小田原的叔叔送给我一盒萤乌贼干。

这是用萤乌贼的幼崽做的。萤乌贼本身就小，脱水后就更加干瘪，红黑色的萤乌贼干塞满了容器。虽然它品相怪异，但稍稍加热之后再品尝，就会觉得异常美味。

萤乌贼干外皮紧实，很有嚼头，内脏部分口感黏糊，绵软咸鲜（虽然萤乌贼很小）。萤乌贼刚一入口，味道便在嘴里四散开来。它虽然已经干透，但充分保留了来自岩滩的鲜香。如果拿它当下酒菜，那么喝起酒来就会没完没了，难免让人犯愁。

说起萤乌贼，我立刻想到了富山。据说，五月左右，在小田原海域，偶尔也能捕到萤乌贼。栖息在日本海海域的萤乌贼会远征至太平洋海域吗？还是会另外组成不同的萤乌贼家族呢？我对它们的生活习性并不了解，所以不清楚它们会怎样。不过，萤乌贼看起来弱不禁风，所以我感觉它们经不起长途奔波。

这样一来，两片海域就都有萤乌贼了，将日本列岛夹在中间。它们悄无声息地发出光亮。青白色的光亮星星点点、随波荡漾，仿佛给沿岸镶嵌了一条光带。如果能从空中俯瞰，那会是一幅多么美丽的景色啊。

当然，也可以解释为萤乌贼在长途旅行。设想一下，夜晚的海面上，一条神秘的光带绕过津轻海峡或关门海峡，正向太平洋快速进发。仔细观察就会发现，这条光带正是一群萤乌贼。它们闪耀着光亮，开始了一场大迁徙。这场梦幻般的大规模“游行”惊扰了关鲭鱼群，也引得渔船上的渔民欢呼雀跃。

我一边想象着上述场景，一边品尝着萤乌贼干和美酒。不知怎的，我的心情又悲又喜。萤乌贼，这种能够发光的神奇小生灵。也许它们只是群聚起来，既不为谁，也毫无目标，在夜晚的大海里散发出青白色的光亮，并随波轻漾。

萤乌贼脆弱而美丽，同时体内还蕴藏着生命的坚强和光辉。

而且，萤乌贼还很美味。

不知不觉间，20只萤乌贼干，海量美酒已经下肚。

至此，萤乌贼结束了旅行，抵达最终的归宿。萤乌贼，在人类的腹中，你也要尽情地发光发亮啊！

一场愉快的庆典

我去了一趟山梨县的石和温泉，目的是参加“川中岛合战战国绘卷”（也可以说是参战）。所谓“川中岛合战战国绘卷”，指的是在笛吹市举办的一个节日庆典。活动中，人们会装扮成武将或足轻[①]，在市政府前面的河槽处再现“川中岛战役”的情景。河堤上，小吃摊位林立，观众如潮。

朋友约我：“咱们也扮成足轻加入战斗中去吧！”就这样，我稀里糊涂地成了上杉谦信军队的一名小卒。参与庆典的人（有500人）被分成武田信玄军和上杉谦信军这两大阵营。

一大早，我们便在当地的小学集合。体育馆里摆放着一排排足轻服、刀具、草鞋和整套衣服。还有很多工

① 足轻，指的是日本古代最低等的步兵，平时从事劳役，战时则成为步兵。在日本战国时期，足轻参加各种军事训练，被编入部队。

作人员在帮大家穿衣。套上正式的行头后，我才发现，这身衣服着实不轻。

扮成足轻之后，大家便在校园里集体合影留念（庆典结束后，洗好的照片会作为纪念品发给大家）。我们还简单彩排了一下。所有人都兴奋得跃跃欲试。

接下来，就是吃午饭。我穿着足轻的服装，一边看着小学里饲养的兔子，一边吃着发给我们的便当。此时，上杉谦信公[①]的战马也来了。它目不斜视，一心一意嚼着草料，我感觉此时的氛围较为平和。俗话说："兵马未动粮草先行。"吃不饱怎么打仗。

吃完午饭，我们前往河槽处，终于要上阵打仗了。一个像是住在附近的小女孩一路上都在为我们呐喊助威："加油呀。"我也深切地期盼："我要活着回来。"

活动设计方案如下：两军模拟川中岛战役的阵型，在沙尘飞扬的河槽上排兵布阵；将士们手拿假枪假刀，不断冲锋陷阵。也就是说，这是成年人在一本正经玩打

① 公，是接尾词，接在贵人姓名后面，以表敬意。

仗的游戏，假装在战场上厮杀。而观众则是一边吃着章鱼烧和刨冰，一边观看。

我跑得太慢，所以脑袋上被砍了8刀（当然，参与者行动有度，只是假装砍一下，点到为止）。还有很多外国足轻。一位外国足轻拿着刀向一位扮演武将的大叔（看上去像是商工会议所的领导）①斜肩一刀砍了下去。而大叔虽然被砍，却还笑嘻嘻地给对方拍照留念。

啊，这真是一场愉快的庆典。同时，我也有种身临其境的感觉："这要是一场真正的战斗，那我早就死掉了。"我还切身感受到：不管什么原因，决不能发动战争。

最终，两军不分胜负，战争和平结束。我们每人领到一张温泉门票和一杯啤酒（这是对参与者的奖励）之后，便心满意足地回家了。

① 商工会议所，指的是日本的全国性经济团体。

●旋转座椅

秋田新干线[1]的行进路线真是令人称奇。去过终点秋田站的人都知道，从大曲站开始，电车就逆向行驶了。

新干线的座椅基本都是朝着车子行进的方向排列的。然而，经过大曲站后，列车突然开始逆向行驶，即：朝着座椅靠背的方向行进了。相反，从秋田站开往盛冈站，列车先是朝着椅背的方向行进至大曲站，之后便又同往常一样，朝着座椅前方行进。也就是说，在开往大曲站的途中有一段Z字形路线。

列车在Z字形路上行进时，大家一齐将座椅调转一下方向即可。但这样做会很麻烦，因为列车从大曲站行驶到秋田站只需30分钟左右，所以，据说

① 从日本东京到岩手县的列车，途径秋田县。

大家都表态："在此期间就逆向行驶吧。"

"我们本来就坐过与车辆行进方向相反的座椅[①]。"的确，只要我们转换成这种思路，或许就不会感到那么别扭了。电车上的座椅大都是横向座椅，或是双人相向的座椅。倒不如说，严格按照行进方向来设置乘客座椅的新干线的座椅排列方式真是个例外。

尽管是说给自己听，但我仍然十分惊讶。当我提到"这次要去秋田出差"，熟人就会委婉地告知我："路上会有让你惊讶的事情发生哟……呵呵。"尽管如此，当真正遇到时，我还是会大吃一惊："新干线突然逆行了！"那些对此一无所知的乘客在乘坐秋田新干线时，恐怕会陷入恐慌吧。

秋田站和大曲站之间的距离也不长不短。如果10分钟就能到达，那么就这么逆向而坐也未尝不可；如果需要1个小时的话，那么按理说大家都会调转座椅方向。可是，30分钟的车程就让人有些不知如何是好了。

比如说，就算我得到邻座的同意，调转了座椅，但

① 这里指的是火车上那种面对面的座椅。

如果我身后的乘客感觉没必要调转的话，就会“强行和陌生人相向而坐”了。“您来点橘子不？”“不了，谢谢。”这样一来，气氛就尴尬了。

最终，几乎所有乘客都选择老老实实逆向而坐。那些容易晕车的人，就要慎重地选择这条路线了。

明明是新干线，却有如此“缺陷”！（或许是心理作用，我觉得车速也有点慢）对于这样一个有着“可爱缺陷”的秋田新干线，我自然是情有独钟了。

●受人爱戴的宫本武藏

十二月上旬，我去了一趟冈山县美作市，应邀参加某个与读书相关的活动。

那时，白雪尚未积住，红叶犹存，山色美不胜收。山脚下，刚收割完的梯田坡缓宽广。

听说今年冬天经常有熊出没。当地人给我讲述了他在自家后院遭遇熊瞎子（后来熊和人都相安无事，各自回家）等故事。就这样，听着这些故事，我度过了愉快的夜晚。夜里，空气清澈，繁星点点，好似细小的碎银在四周闪亮。

第二天，我乘坐出租车独自前往“武藏故里”。在宫本武藏的出生地（有多种说法，其中就有美作），有一座资料馆。我入住的酒店距离那里只有20分钟左右的车程。机会难得，所以我决定去看看。

路上，出租车司机告诉我很多有关武藏的信息。或许他认为，一个独自去“武藏故里”的女人一定很喜欢宫本武藏。

“武藏他爹的人品可不怎么样（叹息声）。他和第二个老婆也离婚了。虽然那个女的是武藏的后妈，但武藏却很想念她，嘴里经常念叨着‘妈妈、妈妈’。后来他还常常翻山越岭去后妈的家乡找她呢。”

出租车司机讲述的内容分明是发生在关原之战以前的事情，但他的口吻却让我觉得并非如此，听起来武藏就像是住在附近的一位老熟人。我深切感受到武藏深受当地人的爱戴。

“这一带流行剑道吗？”

“嗯，很流行的。我们这儿不仅有剑道二天一流[①]的道场，还会举办剑道大赛呢。”

司机有点不好意思地补充道：“不过，我呀，小时候只顾着打棒球了。当时我想，这两样都是挥棒，估计很像吧。”

哎呀，恐怕完全不同吧。

① 宫本武藏在晚年创立的剑术理念。

就这样，我来到了“武藏故里”，那里有一座气派的武道馆。宫本武藏资料馆还展出了武藏的画作（复制品）等。那里还有一座神社，给人宁静平和的感觉。据说武藏儿时常去那里玩耍。这真是一个缅怀、追忆武藏的好地方。

参观结束后，我决定走着去“宫本武藏站”，那里有智头快车[①]经过。从“武藏故里”走15分钟就到。我想就这么坐着电车穿过中国山地[②]前往鸟取。（未完待续）

① 智头，是运营智头线路的日本铁路公司，也指电车智头线路。
② 日本中国地区的山地。

●初见鸟取沙丘

我在冈山县美作市的“武藏故里”缅怀了宫本武藏，为前往鸟取，我在“宫本武藏站”等待智头快车驶进站台。

我之所以把鸟取当作下一个目的地，是因为我想起“自己还一次都没去过鸟取沙丘呢”。于是我就来了一次说走就走的单身旅行。

宫本武藏站内空无一人。进站的列车上，也只有司机一人（司机年轻又帅气），没有售票员，车门是自动门。

列车朝日本海的方向驶去，将横穿中国山地。也许是星期日白天的缘故，车上乘客寥寥无几。其中，有两位结伴而行的男士，岁数都要奔五了。他们把车窗外的风景和对方都拍进了照片中。不知什么原因，他们还把行李架和座椅都拍了下来。他们也许是铁道迷（列车迷）吧，看上去十分开心。

我在智头站换乘JR列车后继续前行。那两位铁道迷好像与我同路，也要去鸟取。与我不同的是，他们在有智头快车的智头站的窗口对工作人员说："买两张去宫本武藏站的车票。"

好像在智头站和上郡站都能买到"宫本武藏站的硬质入场券"（140日元）和"'宫本武藏'纪念版入场券·车票四件套"（500日元）。他们连这种消息都认真查到了，真不愧是铁道迷。他们又向工作人员请求道："能帮我们检一下票吗？"工作人员说："现在没有检票器"。他们听了后叹息道："好可惜啊"。

看到这两位狂热的"铁粉"，我深受感动。对于自己热爱的事物，我是否能奉献出这般热情呢？我的内心进行了反省，并自问自答。

列车终于抵达鸟取站。车站内有一家卖《咯咯咯鬼太郎》[①]周边产品的商店。"我这就要去沙丘了，为什么还要给自己增加行李负担内容？"当我意识到这一点

① 由日本漫画家水木茂创作的漫画，讲述了出生于墓地的幽灵少年鬼太郎和妖怪们的故事。

时，已经是满载而归了。我把买来的鬼太郎寄存在车站的投币储物柜里。

我在车站前乘坐大巴前往鸟取沙丘。我有生以来第一次见到这片沙丘，它比我想象中更加生机勃勃、蜿蜒起伏，更加广袤无垠！我在沙丘中漫步了两个小时左右，与它来了次亲密接触。也许是因为下起了小雨，很可惜，我没能看到骆驼，但我已经心满意足了。鸟取沙丘真是一个妙趣横生的旅游胜地！

不知为什么，周围竟是两两相伴的情侣。我想，明明孤独与沙丘更加匹配，情侣们为什么还要特地来这里呢（这是我的一己之见）？

●旅行归来

旅行越是开心，我对回家这件事就越发感到郁闷。又得做工作了，这几天饭来张口衣来伸手的日子仿佛梦境一般。此类想法就是导致我郁闷的原因，但最主要的还是因为“家里脏乱不堪”。

旅行归来，打开公寓房门之际，我便止不住地叹气。事实上，打开玄关大门、看到屋内景象的那一瞬间，我双腿一软，差点儿瘫倒在地。幸好我抓住了门把手。

家里脏乱不堪。那些住在干净整洁的房间里的人恐怕无论如何也想象不到，这件事情有多么沉重。

如果每天生活在这样的房间里，感觉就会麻痹，对灰尘也会产生耐受性，习惯就成自然了。可是，如果在干净整洁的酒店或旅馆里待了几天之后再回来，那么所受打击之大，就如同自己的颓废心理和懒散邋遢全部暴露无遗，令我无地自容。那些居住在干净整洁房间里的人会说："那，平时勤打扫不就行了？""快打扫卫生"这句话说起来很轻松，但其实等于彻底否定了一个人，如同在说："你改变一下自己的性格吧。"哎呀，抱歉，这是我的辩解。我只是懒散罢了。

旅行中，我时常担心"不在家时，家里进了贼该怎么办？"我倒不是担心值钱的东西被偷（我也没什么值钱的东西）。从家里的状况来看，很难辨别家里有没有进贼。就算我坚信"家里进了贼"，在警察到来之前，我也应该好好打扫一下吧。可要是打扫了卫生，就会惹怒警察吧。哎呀，我该怎么办呢？这就是我所担心的。办法只有一个，那就是"平时勤打扫"。

所以，我常常在旅行归来之后打扫卫生。我可不想在下次旅行时还为进贼一事提心吊胆。我也不想在回到家后还要承受房间脏乱不堪所带来的巨大打击。出于这一目的，我开始收拾房间。

在收拾的过程中，我翻出了以前买来要看，却不见了踪影的杂志，还使原本已经丢失的首饰得以重见天日。能够把这些东西（杂志、首饰等）从一片狼藉中找出来，令我喜出望外。我也不是没想过，其实我不用特意出游，自己家就是一个秘境，也是一个充满了刺激、会有大发现的新大陆。

当然，尽管我旅行回来后好不容易打扫了一番，可下次旅行时，家里又会变得脏乱不堪，我依旧会出门旅行，并使出浑身解数祈祷家里不要进贼。

●去不久的未来旅行

我几乎不在旅游景点拍照。最近我更是连相机都不带。

原因是这样的：我虽然嘴上在说："这么美的夕阳，我一定要拍下来！"可当我从包中或口袋里慢腾腾地掏出相机时，夕阳早已西沉。即便我好容易拍下照片，也不会去好好整理，所以等我想看的时候就找不到了。如此反复多次之后，我对自己也感到厌烦，心想，"算了，不拍了。"

有一次，在和朋友聊旅行时，我说："偶尔也想去高级酒店放松放松！"两人一拍即合，谈兴更浓。于是我俩咬牙跺脚支付了高昂的房费，住进了"丽思卡尔顿·东京"酒店。一开始我们还担心："只住一晚能好好放松吗？"但后来，我们便将这一念头抛至脑后。我们享受了按摩以缓解肌肉酸痛，大白天泡在按摩浴缸里做SPA，尽情地体验了一把当土豪的感觉。

最棒的是，窗外的景色美不胜收。我们运气好，没有加钱就换到了两间相邻的宽敞的和室房间。向窗外望去，六本木之丘的最高处、东京塔，甚至连台场的景色都尽收眼底。一开始，我和朋友无所事事，还正襟危坐在房间角落。但不一会儿我俩就立刻来到窗边，一边喝着茶或咖啡，一边从高处欣赏起东京的景色来。由于楼层太高，我们感觉自己已经身处高空云端。

高楼大厦密集林立，那一个个屋顶仿佛是踏脚石，铺成了四通八达的道路。虽然天空下着雨，但到了夜晚，华灯初放，照亮了灰色的云彩。电闪雷鸣，苍白色的闪电落在了高楼大厦的避雷针处。我们仿佛置身于科幻世界，远离了现实。

“我要是把从这里看到的风景拍成照片，并给它命名为‘去不久的未来旅行’，也会有人信吧。”

可是，我俩都没带相机，便互相怪罪：“这么重要的时候你竟然忘带了！”“你不也是嘛！”抱怨过后，我们便各自躺在服务员已经铺好的松软被子里，进入了梦乡。酒店高层房间的窗外明明是一个科幻世界，而房间里的我们却还窝在被子里。这种不相称，更有未来之感，我想想都觉得开心。

第二天，我们在酒店停车廊又见到了那个男服务生。昨天我们办理入住手续后，是他将我们领进了房间。他还记得我们，面带微笑地打招呼：“赶上下雨天，真不凑巧。不过，您二位欣赏窗外景色了吗？”

可以说，他的话语以及充满善意的表情，使窗外的景色再次定格在了我的记忆之中。我想，要想营造旅途的美好回忆，照片并非必不可少。

文库后记：虽然智能手机配备了高性能的相机功能，但我依旧没有拍照的习惯。外出吃饭时，即便眼前的食物精致美观，但在我想到“对了，用智能手机把它拍下来”之前，菜品早已被我吃个精光。贪吃，太不勤快，操作机器时磨磨蹭蹭，这三样我都占全了，因而导致了目前这种令人遗憾的状况。

可是我心里一直在想，拍成照片又能怎样？我是绝对不会再次翻看的。这无疑是“画饼充饥”，既吃不到（我贪吃），翻看照片又嫌麻烦（我懒惰）。我不做记录，我只活在当下！

●畅想山之未来

我去三重县的松阪市和尾鹫市，采访了当地的林业部门。

山上绿树环抱，远远望去，就像是一个平缓的斜坡。车子沿着林间道路盘旋而上（因为我对爬山没有信心，所以乘车前往）。在山顶附近向下俯瞰时，我才发现这并非斜坡，几乎就是悬崖峭壁。

人们在如此陡峭的山坡上亲手种下一棵棵树苗，再用50多年的时间悉心照料，当树木长大长粗时再将其砍倒运走。人们在这一过程中花费了大量的体力、精力和时间，着实让我钦佩。

这份工作偶尔还会有性命之忧，但在山上作业的工人却是开朗又坚强。

“我们喜欢种树，差点儿跌落悬崖这种事，在我身上发生也不止一两次了。”

说着，他们爽朗地笑了。站在悬崖边，我感觉自己快要被这山谷吸进去，不禁“咦”的一声，差点儿哭了出来。这时，他们用打火机的火光驱散了我的恐惧。

我说：“在山上可不能粗心大意啊。要是碰到毒蛇，你们会怎么办呢？”听到我的提问，有人眼前一亮，答道：“当然是活捉它了，再卖给想要泡蛇酒的人。一定能卖个好价钱！”听到这话，不知为何，我感觉自己快要爱上这种勇猛了。

林业工人似乎都喜欢开玩笑。由于山地广袤无垠，因此，即使是同一班次的工人，也会在工作时分散开来，独自一人默默劳作。可是，到中午休息时，大家又会聚在一起，工作结束后还会一起去小酒馆喝酒。每到这时，他们便会不停说笑，引得大家捧腹大笑。气氛如此欢快热烈，和他们同坐一桌的我平生第一次喝酒喝到断片。

他们这种自然流露的幽默究竟是怎么形成的呢？

我问道：“你们一直都这样吗？”他们平静地回答道：“嗯，很早以前我们就是这样的。”话音刚落，酒席中又引发一阵爆笑。

由此我得出结论，这大概就是智慧。在山上劳作对体力要求很高，还伴有危险，所以工人们就会神经高度紧张。他们无法独自完成山上所有的工作，所以大家都很重视与同事的合作。这种工作技术要求很高，因此工作也被细化分类，由不同专业的工人来分担。

我想，总之，在山里劳作的林业工人为了分散注意力，明确区分“工作”与“休闲”，同时也是为了搞好班上的人际关系，加强班与班之间的合作，才练就这种幽默感的吧。

长了50年的树，要是因台风一夜之间倒下，那么他们也只能微笑面对。即便发生痛苦的事情，他们也会一笑了之，并畅想山之未来。他们种植树苗并精心照料，想象着自己死后那些树苗已经悠然长成大树。

笑能使人胸襟变得宽广，这次旅行让我再次切身感受到“笑”的这一功效。

在林业工人的悉心照料下，山林越发秀美。而从山上流下来的河水也是清澈见底，令人难以置信。

●清晨的环线公交车

因为生活作息不规律，我常常早上起不来床。这样一来，“没法倒垃圾”这件事令我犯愁。于是，我心生一计，随即开始实施“倒垃圾和‘公交旅行’二合一计划”。

我居住的城市有很多坡路。居民们抱怨道，“每天都像是在训练爬山”“我的腿肚子变得又粗又壮”。不知是否是因为这些抱怨起了作用，城里开始有了环线小公交。乘坐这辆公交车很是开心。即便清晨睡眼惺忪、不想起床倒垃圾，只要下定决心：“好，去坐环线公交车”，我就会立刻醒来。

我七点半左右起床，慢腾腾地收拾好房间，整理好垃圾，只把钱包和手机装进口袋，便走出家门。倒完垃圾，我径直前往车站前。在那家一大早就开始营业的店里，我一边喝着热咖啡稍作休息，一边等着公交车的到来。由于正值早高峰，车站人头攒动。显然，没有化妆，还穿着居家服的我就是一个“漫无目的、四处闲逛的人”（事实上也是如此），真是太丢脸了。

就在我羞愧得无地自容之时，公交车来了。幸亏有它，我装作要去某个地方，赶忙上了公交车。八点半的公交车上挤满了学生，有的在复习考试内容，有的在开心地聊天。前几天，不知为何，有两个女学生上了车，她俩的外套同为豹纹面料（好像她俩并不是朋友）。我感到诧异：“现在流行穿这个吗？”

如果仔细观察车窗外的风景，那么，即便是在平淡无奇的住宅区，也会发现从篱笆探出头的米色蔷薇，梅园里摆放了白色西式长椅等。这些蔷薇是为了让路人有个好心情而精心种下的吧。劳作间隙，人们会望着梅花稍作休息吧。想到这些，我便心生感叹：“人类并不是一无是处的生物啊。”从清晨起，我就充满了满满的幸福感。

公交车司机车技超群。就连那种位于又细又窄的下坡，在我看来“根本拐不过去”的拐角，司机也能轻而易举地通过。我在驾校练习S型弯道转弯时，几乎每次都压线。连教练都劝我："我发自内心地给你一句忠告：你最好还是放弃考驾照吧。"在我看来，能通过这样的弯道简直就是奇迹。

就这样，当我再次回到车站前时，超市刚好开门。我买完食材，又回到没有垃圾的家中。只要支付170日元，就能享受这趟将近半个小时的小小的公交旅行。

●你真是好孩子啊，金子君

我偶尔会去附近的公共泳池游泳。

虽然我只是戴着泳镜观察水中升腾起来的细小气泡，或是借来打水板像海獭那样漂浮在水面上，我却感到十分开心。水声和人声传到高处的天花板上并产生回音，阳光透过窗户洒了进来。水面波光粼粼，光线错综复杂。再加上微温的泳池水，我感觉自己像是漂浮在梦境之中。

平日里，我大多白天去泳池，所以遇到的净是些上了年纪的人。大家非常精神，时而热情高涨地练习游泳，时而在泳池里来回走动2个小时左右。泳池里井然有序，平静祥和。

一到暑假，泳池就会突然变得热闹起来。很多小学生来到泳池玩耍，在这里无拘无束地游泳跳水。尽管增派的安全员扯着嗓子警告他们注意安全，他们却没有收敛充沛的气力。而我们这些常客则被赶到泳池的角落，只能呆呆地看着这些精力旺盛的小不点儿。

可是，看着这些小不点儿，我真的很开心。例如，有一个孩子上小学二年级，名叫金子（泳帽上缝着他的名字）。

他朋友问道："你考得咋样？"他堂堂正正地答道："成绩吗？不太好呢！嗯嗯……我得了7个'2'。[①]"

喂，金子君！你现在可不该游泳哟！赶快到泳池边来。我差点儿要对他说教起来："你最好还是学点习吧。"他的朋友也是一脸严肃的表情，对他说："金子……你这成绩，也太差啦。"

然而，当事人金子君却是个开朗的人。"我妈也批评我了，嘿嘿。"他说着，继续开心地玩水。你真是个好孩子啊，金子君。看到他性格如此开朗洒脱，我不由得想，没必要为了成绩这点儿小事就唠叨个没完吧（我现在完全是一个母亲的心态）？

如今暑假早已结束，平日里再也见不到那些小不点

---

① 在日本，小学低年级学生的期末成绩单上成绩分为1、2、3这三个等级。

儿的身影了。或许是心理作用，那些在默默地努力锻炼的老头老太们似乎都感到些许的寂寞。

游泳过后，虽然倍感疲劳，心情却很愉快。回家路上，我总在想，这种非同寻常的水中体验也好，与文化差异较大的小不点儿们亲密接触时产生的惊讶也好，我在泳池中的体验类似于经历了一次小小的旅行。

●情侣列车的柠檬汽水

虽然我搬过几次家，但从出生到现在，我一直都住在小田急线的沿线附近。说到“电车”，我的脑海中会浮现出车身上画着蓝色线条的小田急线；而说到“特快”，指的肯定就是“情侣列车”了。

小时候我觉得，再没有比情侣列车上销售的柠檬汽水更好喝的饮料了。玻璃杯配有银质的杯碟和把手。杯中的液体呈淡黄色，清爽甘甜，很是特别。我只有在去位于小田原的祖母家时才能品尝到。

乘坐这辆情侣列车由新宿到达小田原，可谓是转瞬即达。“售货员姐姐快来啊！”我焦急地喊道。

即便买到柠檬汽水，放在座位边的桌子上，我还是放心不下。到小田原之前，我真能把它全部喝完吗？我想好好品尝这份美味，可又得和时间赛跑。不过，由于它是碳酸饮料，所以不能咕嘟咕嘟大口喝下。哎呀，我该怎么办啊？

小时候，喝柠檬汽水时，我总是为这种快乐的烦恼所困扰。或许，正是因为有惊险和进退两难的刺激，情侣列车上的柠檬汽水才会显得更加光芒四射，味道更好。

我也不能成天就知道喝柠檬汽水，这一点也令我苦恼不已。情侣列车经过多摩川[①]时，窗外的景色是绝对不容错过的。

或许是心理作用，车辆经过铁桥时，速度开始放缓，从铁轨上传来的声音有了变化，天空也开阔起来。车窗外，房屋的窗户和屋顶紧紧相连，前方可以看到丹泽山脉[②]连绵不绝。如果天气晴好，有时还能看到富士山。把额头贴在窗玻璃上向外望去，我还能看到波光粼粼、缓缓流淌的河水。第一次给我带来旅行的苦恼与兴奋的，就是这情侣列车了。

成年后，我偶尔也会咬牙狠心购买昂贵的特快列车车票，使它成为我“上班的代步工具”。说到这，我发

① 流经日本山梨县、东京都和神奈川县的一条河流。
② 位于神奈川县西北部的广袤山地。

现最近没看见有柠檬汽水卖了。

可是，每次乘坐情侣列车，我无论是在前往新宿的途中思考工作安排，还是在回家路上身心疲惫地感叹“哎呀，一天终于结束了”，当列车快到多摩川铁桥时，我会立刻感觉自己仿佛是在旅行途中。我又找回了记忆中柠檬汽水的味道和儿时的苦恼与兴奋。

啊，我就是这么想的。情侣列车可不是什么“上班的代步工具”。以前，它搭乘的是前往箱根新婚旅行的客人，现在却搭乘了许许多多的上班族。不过，有一点一直没有改变，人们依旧可以乘坐情侣列车，经历一次小田急沿线的列车之旅。

渡过多摩川，尚在旅途的情侣列车就会把我们带去别处，带到某人居住的城镇。

熊猫笔记本和上野动物园

东京的上野动物园里来了一只熊猫。真不错，我好想看一眼那种毛茸茸的动物，哪怕一次也行。

嗯？等一下。不知怎的，我的房间里有一本印有熊猫图案的笔记本。本子很旧，纸边已经泛黄，但保存完好。

莫非我以前亲眼见过熊猫？我启动了记忆之旅，脑海中浮现出熊猫那褐色的屁股来。

我想起来了，小时候，父母的确带我去上野公园看过熊猫。从时间上看，大概是欢欢到达日本的时候[①]吧。记得当时，我们排了很长的队，只看了一眼熊猫，而且它还背对着我们。尽管如此，我还是非常满意，在动物园里得到一本熊猫笔记本后回了家。是买的还是发的，我记不清了。

我手里的这本笔记本做工精美。大小如同明信片，

① 一九八〇年中国曾向日本上野动物园赠送熊猫。

封面上画了一张醒目的熊猫脸。嘴的部分有一条缝隙，里面插着一本外形是熊猫脸的小册子（《熊猫小百科》）。也就是说，熊猫笔记本封面上的熊猫，戴着一张可拆卸的熊猫面具（实际上是小册子）。

小册子是彩色的，通过大量的插画介绍了熊猫的日常生活。据说，熊猫一天会有六七公斤的排泄物。气味带有一点“酸酸甜甜”的感觉。大概还是因为它们每天只吃竹子的缘故吧。

我记得，小册子中“熊猫的饮食”那一页上还写着熊猫也喝“牛奶粥”、吃“玉米团子”。想到这，我不由得咽了一下口水。这么说来，我想起来自己当时还把画着食物插画的那几页看了好几十遍。那时的我真是个馋嘴的孩子。

仔细观察就会发现，熊猫的眼睛并没有微笑。尽管如此，我还是觉得它象征着和平。不知是因为它们体型庞大，总是悠然入睡的缘故呢，还是因为我和父母一起去看熊猫很开心呢？（但我很快就忘掉了这件事。）

看着熊猫笔记本，我的眼前浮现出这样的场景：当时父母的年龄与我现在差不多，他们为了哄我开心，就领着我去了动物园。我希望，去看新来的熊猫的小朋友

们长大以后也能经历一次愉快又难忘的怀旧之旅。

文库追记：此次，熊猫宝宝（香香）出生在上野动物园。好像有很多民众都非常喜欢它那讨喜的姿态。据说网上还有用定点观察的摄像头拍摄的实时画面。我这么说，就像这事和自己没什么关系似的。因为，正如您所察觉到的那样，当我注意到这件事的时候，香香已经长大了。看了电视，我也只是略发感叹："哦，是熊猫啊。" 我总是比别人慢半拍。

那时，我有一个朋友很担心自己高龄老父亲的情况，在征得父亲同意之后，便在父亲家中安装了摄像头。据她说，"这比看熊猫有趣多了"。她父亲完全没意识到摄像头的存在，每天都过着自由奔放的生活。朋友看着直播画面，不由得叫出声来："啊呀，老爸洗完澡后又只穿着一条内裤走来走去。""哎呀，面包上的黄油抹太多了！"尽管声音传不到老父亲那里，但她还是忍不住要说。朋友还说："现在即便看到熊猫幼崽的画面，我也不会如此兴奋。"我想也是。

比起正在健康茁壮成长的熊猫宝宝，上了年纪的父母的言行才更加"惊心动魄"，更加不可预测。

●音乐也是一场旅行啊

眼下，我喜欢的乐队正在进行巡演，所以我忙得不可开交。心神不定的我早早结束了工作，奔赴各个演出会场。由于太过激动，我常常错过交稿日期。这样下去可不行。

虽然我觉得这样不好，但还是欲罢不能。一边欣赏他们在我面前演奏时的风采（说是“在面前”，其实很多时候我距离舞台很远，但我用“慧眼”缩短了物理上的距离），一边沉浸在音乐的洪流之中，是一件极其快乐的事情。

我越将注意力集中在音乐上，思绪和情感就越是不断萦绕在脑海中，最终在某一瞬间飞进了与实际演奏曲目毫无关联的自己的内心世界。音乐刺激人的感官，引人感受瞬间的神游。这就是音乐所拥有的一种神奇力量吧。

我喜欢的演出场馆有好几个，日比谷露天音乐广场就是其中之一。它是一个非常特别的地方。虽然它位于日比谷公园，在城市的最中心，周围却是树木葱茏。大片树梢的对面，高楼大厦鳞次栉比，窗内灯火点点。观众席上，微风送爽。夜幕降临，从路边摊上飘来阵阵沙司的香气。

好一个令人兴奋、蕴藏魔力的空间。

我去日比谷露天音乐广场欣赏了另外一支年轻乐队的演出。那是一个秋天的夜晚，台风即将来临。

这场演出非常精彩。主唱浑厚的嗓音仿佛要把我吸入高空。我切身感受到音乐融在了空气中，将听众拥入怀中，轻轻摇曳着他们的灵魂。

由于是露天音乐广场，所以人们可以在露天边喝酒边欣赏现场演出。这正是这个音乐厅的优势所在。演出精彩绝伦，美酒也更加醉人。我无意中发现，空空如也的易拉罐已经被我捏扁（像是我情不自禁捏的。这易拉罐不是钢制品，而是铝制品）。不知不觉间，夕阳西下，夜色笼罩了整个天空。

当我徜徉在音乐的海洋之时，我突然意识到：

“啊，已经是晚上啦。”就在那一瞬间，我体会到一种飘飘欲仙的感觉。这种感觉类似于结束漫长的旅行后，回到久违的家中躺到床上休息时的感觉。“哎呀，这是在哪里啊？哦，我回家了。”我确认了自己的住处，同时也感到心情舒畅，但不知为何，同时也感到了一丝寂寥。

我想，音乐也是一场旅行啊。

●旅行的效用

无论从实际距离还是从情感上看，对我而言，箱根是我最亲近的旅游胜地。

芦之湖边的大鸟居，环绕在湖水四周的青山，远处依稀可见的富士山。站在这里，可以欣赏到既雄伟壮观，又宛若庭园的绝妙的风景。箱根最吸引我的，还是航行在芦之湖上的海盗船。当然，这并不是真正的海盗船，而是一艘游船。

在鸟居、富士山等充满日本风情的美景中，有一艘华丽的欧式海盗船在行进，这会是怎样一番景象呢？好一段奇思妙想！人们不仅想到，还做到了。这超强的执行力，实在是出乎意料。一切都是那么完美。如果我去芦之湖，一定要坐一次海盗船（船舱内还立着一座油光发亮的海盗船长人偶）。

除了海盗船之外，湖面上还有许多天鹅形状的脚踏船。踩着嘎吱作响的脚踏板，我不禁感到一丝寂寥，“置身于这绝佳的景色当中，我这是在干什么呢……”而这一切又让旅行的氛围变得更加浓厚。

为了远离繁杂的日常生活，我常去箱根游玩，稍做放松。在我撰写一本以箱根驿传[①]为题材的小说期间，那里就是我的采访现场。当时我无法尽情欣赏美景，只是全力以赴记忆驿传的路线和现场的氛围。

我花费数年创作的小说得以顺利发表。那年年底，我和好朋友一起前往箱根旅行。我第一次住进了当年采访时可望而不可即的富士屋酒店。

酒店内的装修风格成熟厚重，又不失温馨随意之感（柱子上雕刻着许多有趣的图案）。酒店墙壁上展出的那些年代久远的黑白照片不容错过。据说，在富士屋酒店落成开业之际，社长成立了名为“国际胡须俱乐部”的公会，加深了各个国家“以美髯为傲”的人们之间的交流。的确，照片上的人都留着毛茸茸的胡须。当然，社长本人也在其中，他也是一位“美髯公”。

① 在日本举行的一项从东京到箱根马拉松赛事。

为什么一定要通过胡须来进行交流呢？虽然我不否认自己对此有所质疑，但是我想，这种神奇之处正是箱根的妙趣所在。旅行期间，我感觉自己仿佛做了一场美梦，神清气爽。

回到家后，我意识到，那个长期作为我采访现场的箱根，在我心中再次变回了魅力四射的旅游胜地。当时，我也真切地感受到，工作终于告一段落了。

旅行的效用并不仅仅是体验异国他乡的风情。有时，我们只有通过旅行，才能回归日常生活。

鸟取的老爷爷和比萨饼

依旧是鸟取。去年十二月我去了鸟取，领略了沙丘美景。今年夏天我因工作原因又去了一趟鸟取。

这次我的目的地是鹿野，距离鸟取站约有30分钟车程。这是一座古老的城邑，护城河与街道都别有一番情趣。

护城河里有一对天鹅。有一位老奶奶，像是附近居民，她给天鹅投喂类似麦糠的食物。只有在这个时候，天鹅们才会异常活跃。其他时间里，它们只是呆呆地浮在水面上，那氛围就像是在聊家常。“你不觉得这洗澡水太热了吗？”“是啊，我觉得自己都有点上火了呢。”我站在树荫里，望着那两只天鹅。天气晴朗，万里无云，气温高达37摄氏度。这种天气令我感到头昏脑涨。

这可不行。我决定在护城河附近一家咖啡馆兼餐厅吃午饭。这家店像是由古老的民居改造而成的，脱了鞋才能进入。店里饭菜价格也很实惠。我点了冰咖啡和比萨饼。

负责接待、做饭的人，像是附近的大妈们。厨房那边传来了电话声：“喂，您说加料是指火腿，还是香肠？啊，冰箱里还有意式香肠。”……难道她是在跟对方确认比萨饼的做法吗？

我虽然感到些许不安，但端上来的比萨饼和咖啡都非常可口。正当我津津有味地享受美味之时，一位像是住在附近的老爷爷“呦”地打了声招呼后，进到店里来，和负责接待、做饭的大妈们愉快地聊了起来。顺带一提，那位老爷爷什么饭菜都没点。看来，这家店似乎还是附近居民休憩的地方。

老爷爷发现了坐在角落里吃东西的我。准确地说，他是注意到了我吃的比萨饼，目不转睛地盯着。

他问我：“那是什么？”我告诉他是比萨饼。

他又问：“哎，看上去不错。好吃吗？”

我答道：“嗯，特别好吃。”

他说：“是吗？下次我也尝尝。比萨饼，是叫比萨饼吧。”他重复着，就像要把这名字刻在脑子里似的。之后，他说了声“再见”，便走了出去。

这是老爷爷和比萨饼的初次邂逅（也许是第一次吧）。那时我刚好在场，这让我感受到些许温暖。这个城镇整体上充满了闲适的气息，非常适合旅行。它既有温泉，又有美味的意式冰激凌店。

文库追记：有一次，我祖母来我家玩，品尝了什锦摊饼之后，她说：“哎呀，竟然有这么好吃的食物。我以前都不知道，感觉自己很亏啊。”因为饮食与生命息息相关，所以，或许大家都很保守，都倾向于选择自己熟悉的味道，而不怎么愿意尝试新鲜事物。

如果是这样的话，那么第一个想要吃海参和海胆的人，究竟是因为具有强烈的好奇心呢，还是因为饥不择食了呢？居然想把那种奇形怪状的东西送进嘴里，这样的勇气可称之为匹夫之勇了。不过，正是托这些勇士之福，我们才发现了这些美味。

文乐的舞台

我观看了文乐《盛衰记》的公演。其中有一幕叫《大津旅店》。

旅店来了两拨客人，其中一拨有三人，分别是老人、女儿和孙子槌松。他们要去巡礼[1]。另一拨人，是正被敌人追杀的驹若君[2]及其随从。槌松和驹若尚且年幼，所以他们并不在意身份差别和自身地位。他俩相处得非常融洽。深夜里，等大家熟睡之后，他俩便在旅店的走廊里一起玩耍起来。

随后，追兵赶到，旅店陷入一片混乱。骚乱之中，追兵错把槌松当成驹若君了。最终，槌松被追兵砍下头

① 参拜宗教圣地。

②《盛衰记》中“大津旅店”一幕的剧中人物。驹若逃到大津旅店，结识了槌松。槌松被误杀后，驹若被巡礼途中的老人错当成自己的孙子槌松带回家。

颇，着实可怜。

原本这是极为悲惨的一幕，但看完《大津旅店》后，不知怎的，我体会到的却是旅行者悠然自得的心情。在旅店的被窝里发发牢骚，和其他旅行者搭讪聊天，该是多么快乐的事情啊。

这种感觉似曾相识……我想起来了，就是看动画片《海螺小姐》中《旅行》那一集时的感受。海螺小姐一家偶尔会进行一次家庭旅行。当家里没有什么大事发生时，他们一家会去游览像“天桥立”[①]那样的风景名胜。我小时候就特别期待《旅行》这一集，常常盯着电视画面看得入神。

虽说《海螺小姐》介绍了风景名胜，但并非实景拍摄，而是动画片里的图画。可正因为如此，我才会对没去过的地方充满想象。近来有很多实景拍摄的旅游节目，根据天气情况，有时节目会说：“据说天气晴朗时，可以从这个露天温泉浴池看到美丽的富士山。”而动画片就无须担心这一点。人们随时都能从动画片中的

① 位于日本京都西北部日本海的宫津湾内，日本的三景之一。

露天浴池清楚地看到富士山。虽说如此，动画片却与晴天拍摄的录像和照片不同，它能给人留下很多想象的空间。“实际去看的话，又会是怎样一番风景呢？”

文乐与动画片有相似之处。文乐中演出的是人偶，背景也极其简单，会给人留下很多想象空间。而且，出场人物的言行举止充分传达出旅行时的兴奋之情，因此也就充分激发起人们对旅行的向往：“大津旅店是一个什么样的地方呢？真想亲眼看看。”

江户时期的观众肯定也是通过欣赏舞台剧来想象还没去过的地方、体会旅行的心情的。就像现代人怀着兴奋期待之情，痴迷地观看《海螺小姐》中《旅行》那一集一样。要想体验幻想中的旅行、提高旅行的积极性，好像并不需要清晰的照片和实际拍摄的影像。

●种有美丽桧树的熊野古道

我去了熊野古道。这条被列入世界遗产的古道有多条登山路线，这次我走的是三重县的马越峠[①]路线（2.6公里）。

一条石头铺就的道路通向种植桧树的美丽山峰。铺路石头的形状千奇百怪，却都整齐地镶嵌在地面上。古人的铺路技术真是高超，令人敬佩。

山路本来就坎坷不平，再加上下雨，所以道路湿滑难走。我们走路时光顾看脚下了。听导游爷爷说，他已经在山上干了几十年的活了。他单手拄着拐杖，大步流星地走在山路上。真不愧是经验丰富之人。

老爷爷一见到枝繁叶茂的桧树，便叹息道：“这种树过去可以卖一万日元，可现在价格暴跌，只能卖两千

① 是一座高 300 多米的山峰。

日元左右。”路上，老爷爷口中重复着“一万日元啊，一万日元啊”，我们随声应和着，小心翼翼地在湿滑的石头路上前行。当然，中途休息时，他还会告诉我们一些长在山里的珍稀植物等，所以在此次翻山越岭的过程中，我们很是开心。

老爷爷对走路踉踉跄跄的我很是照顾，时不时地叫我休息。我们披着斗篷，在雨中吃起了饭团。有一对貌似非常熟悉山路的年轻情侣，迈着轻快的步伐走到我们前头去了。“你们好。”我们面带微笑互相问候。老爷爷望着他们的背影，说了一句：“这就是登山女孩[①]吧。”老爷爷看起来有80岁左右，可他对现在的流行词却非常熟悉。

“最近，年轻女性也开始来走熊野古道了。能让她们对山里感兴趣，真是很难得。”

说话间，老爷爷像是被饭粒呛到了，剧烈地咳嗽起来。“您，您没事吧？”我们急忙劝他喝口茶。

等咳嗽缓过来后，老爷爷带我们去了一个眺望台，

① 在日语中是一个较为流行的时尚词语，是对穿着户外服装爬山的年轻女性，或是对登山爱好者（女性）的称呼。

在那里，尾鹫市区的景色一览无遗。尾鹫这座城市被山海环绕，环境优美，景色宜人。听说，从尾鹫到熊野，山路更加险峻。过去翻过马越峠的旅行者会在尾鹫投宿，为第二天翻山越岭养精蓄锐。

当年盛行参拜熊野时，这条路上的人员来往络绎不绝。他们心中应该怀着虔诚的信念以及远离故乡旅行的兴奋之情。或许也有人倒在了参拜的路上。而他们走的就是现在这条石头路。

这次体验让我再次感受到，过去与现在是息息相关的。

●藤子・F・不二雄博物馆

我去了一趟“藤子・F・不二雄[1]博物馆”。它位于川崎市，登户站（小田急线、JR南武线）有大巴开往博物馆。大巴的车身上还有F先生创作的漫画人物的彩绘！

尽管是在平日白天，博物馆里却依旧人气爆棚、盛况空前（需要注意的是，进馆必须预约指定日期的门票）。在门口，每人都会领到一个语音讲解器。馆内并没有特别指定的参观路线。当你想了解某个展品时，按下语音讲解器的按钮，就可以自行收听录音讲解。

哆啦A梦、可罗[2]、超能力魔美[3]！刚进入博物馆，

---

① 日本漫画家。代表作有《哆啦A梦》《Q太郎》《奇天烈大百科》等。

② 藤子・F・不二雄创作的科幻喜剧漫画《奇天烈大百科》的主角之一。

③ 藤子・F・不二雄的漫画《超能力魔美》中的主角之一。

我就激动得流下了眼泪。（激动得太早了）。当我看到录像上F先生在讲解自己作品，不禁泪眼婆娑；当我看到他和常盘庄[①]的伙伴们用8毫米胶片拍摄西部片时留下的合影，再次落泪。与我同行参观的朋友有些扫兴地问道：“你没事吧……”可是，当看到F先生为女儿制作的“圣诞盒子”（这是一个信箱，用来存放孩子们写给圣诞老人的信。他们写明自己想要的圣诞礼物后，把信放到这个盒子里，盒子非常可爱）时，这位朋友也禁不住落泪，并感叹道：“真是一位好父亲啊。”

总之，置身于这家充满温馨和愉悦的博物馆，不知不觉间，我忘却了时光的流逝。那里既能看到F先生的书房，还再现了《哆啦A梦》中“樵夫之泉”[②]的情景，出现了“文质彬彬的胖虎”[③]。细微之处都体现出创意，宽敞的庭院里摆满了漫画角色的人偶。这里的

---

① 常盘庄，位于日本东京丰岛区南长崎，被人们称为“漫画的圣地”。

② 将物品扔进水里后，泉水女神会拿出更为高级的物品并问你是不是你的。说实话，就会获得高级的物品，说谎的话，就一无所获。但不论是否说谎，都无法得到原物品。

③ 胖虎是动漫《哆啦A梦》中的人物，原本是一个爱欺负人的角色，但是在“樵夫之泉”的剧情中，他成了一个彬彬有礼的人。

商品也是形形色色，我购买了绘画明信片等很多东西。

餐厅里等候就餐的人数也多得异乎寻常，所以我们没能在那里用餐，很是遗憾。或许，进入博物馆后先直奔餐厅会比较好。好想品尝一下那里的“记忆面包”，所以我还要再去一趟。

回去的路上，我们在沿河的人行道悠然漫步。路上也摆放着动漫角色的人偶，它们成为我们的路标。

回到家后，我再次拜读了《漫画之路》系列（藤子不二雄A先生的作品），再次为常盘庄那些年轻漫画家们的友情所感动，并燃起了我的激情。正是因为他们的这份热情，日本的漫画文化才得以大放异彩。

“藤子・F・不二雄博物馆”并不只是一个让人们缅怀儿时所接触的漫画人物的地方，还是一个启发人们回顾漫画历史、展望漫画未来的重要的纪念场所。

下次，我好想去一趟椎名区，那里有常盘庄……

●和母亲一起去伊豆

在红叶初染的时节，我和母亲一起去了伊豆的修善寺。说起伊豆，或许人们的第一印象是大海。而修善寺位于伊豆半岛内陆，四周群山环绕，是一个别具风情的温泉街区。这里新旧旅馆林立，沿河还有散步道，周围是一片美丽的竹林。

虽为平日，街上游客却是络绎不绝。我是和母亲一起去的。记得去年，我和母亲住在箱根的酒店，母亲如野兽般的鼾声令我苦不堪言。但今年母亲又说："哎，紫苑啊，妈妈偶尔想出去旅旅游。"迫于这种不动声色施加的压力，我说："那，咱去温泉怎么样？"多么孝顺的女儿！

我们居住在修善寺的某个旅馆。那里饭菜十分可口，露天温泉浴池也很有气派。室内浴池也是温泉水

（而且还是水漫自溢的那种）[1]。在这趟两天一夜的旅行中，我泡了两次露天温泉和三次室内浴池。不过，我并没有晕池，泡完温泉后皮肤光滑润泽。修善寺温泉真棒啊。

在惬意中，母亲和我躺在铺好的被子里睡下了，被子很是暄腾。我居然能和母亲一起度过如此平静的旅行时光，简直像在做梦。

但是，当然不可能相安无事。临睡前，我定了早上七点半的闹钟。这时间是我和母亲商量好的，为的是能在早饭前去泡一次露天温泉。晚安。这次母亲安稳地进入了梦乡，并没有打呼噜。

然而，到了早上五点左右，睡在旁边被窝里的母亲不安地站了起来，像是要去卫生间。我没在意，继续睡觉。母亲从卫生间出来后，很自然地开始和我搭话："昨天的晚饭真好吃，是吧。"老妈，我还在睡觉呢！

"嗯，是很好吃。可我还困着呢，您7点半后再跟我说话吧。"

① 水漫自溢，指的是温泉浴池的一种排水方式，地下的温泉水被抽出后直接送往浴池中，浴池水满后水又会溢出。

“知道了。”说完，母亲再次钻进了被窝。

然而，母亲对着正在睡觉的我又开始说了起来：“今天早饭会吃什么呢？”被吵醒后，我看了一眼放在枕边的表，才七点二十。明明闹钟10分钟后才会响，您就不能再坚持一下吗？母亲已经起床，端坐在我的被子旁边，笑眯眯地把头伸过来看我。我吓了一跳，还以为是妖怪！

我打消了睡觉的念头，比预定时间早起了10分钟。我深切地感受到，好想有个男朋友啊，这样就可以情意绵绵地享受温泉了。

有生之年活得精彩

刚才，我经不住诱惑，在网上订购了比萨饼。互联网真是方便啊。我在浏览新闻网站时，网页旁边弹出了一则比萨饼店的广告。你怎么知道我饿了？

我不仅点了比萨饼，还点了意大利面和炸虾（都是我爱吃的东西）……怎么看都不像是一个人吃的量。门口有人喊了声："比萨饼送到了。"看来我得演一出小剧，好让别人觉得有人跟我住在一起。麻亚[1]，戴上玻璃面具。

情况就是这样，我总是猫在家里，所以最近根本没出去旅行。虽然我在心里常常想象着自己开着租来的车或轻型卡车去巡游温泉。当然，在我心里也常常是单身旅行。麻亚，只要提高哑剧的演技，即便是一个人演

① 漫画《玻璃假面》的主人公。

戏，观众眼里也会出现其他演员的身姿的。

我先在此致歉，没看过《玻璃假面》（美内铃惠，白泉社）的人估计看不懂这段文字。我第一次看《玻璃假面》是在上小学的时候。当时，我万万没想到这部漫画教会了我忍受孤独的技巧。我还单纯地认为，这是一部和演戏有关的漫画。寂寞强化了我的阅读理解能力。

前几天，我去做了一次乳腺癌筛查。我以前就知道自己属于乳腺容易增生的体质，所以我现在都是定期检查。我觉得自己最好再做一些其他项目的检查（如中性脂肪检查、脑部检查等）。各位女性朋友，我听说即便没有什么令人担心的变化，也最好每年做一次乳腺癌筛查。男性好像也会得乳腺癌。因此，当你对自己的身体状况有所怀疑时，就赶紧去医院吧！

我之前被诊断为乳腺大量增生，因此这次我只是拍B超后再请大夫根据B超图像为我诊断。据大夫讲，虽然此次也发现了新的增生，增生部分有的变大，有的变小，但诊断结果是目前没有恶性症状。每次我都挂同一个大夫的号，所以和大夫沟通顺利，我也放心。

大夫把我病历上的“增生分布图”复印了一份给我。

“增生太多，我说不完，你也记不全。所以你可以看着这张图自查一下，确认增生有没有变化。每个月一次。”

触摸自己胸部虽然不是一件开心的事情，但我会尽力。

用B超检查乳腺的方法如下：首先在胸部涂上某种黏糊的东西，然后用一个类似扫码枪的仪器在胸部滑来滑去进行检查。乳房内部的情况就会出现在显示器上。B超检查台用窗帘隔开，因此隔壁的声音听得一清二楚。

B超技师操作着那个类似扫码枪的仪器，表情严肃地盯着显示器。我虽然已经检查过好几次，但仍然感到些许不安。“这次检查结果怎样呢？”我老老实实躺在检查床上。

这时，从隔壁检查台传来另一位技师和像是女患者的声音。

“今天你家人来了吗？”

“没有，我一个人来的。”

听到对话，我开始担心她是不是患了重病。但没过一会儿，又有声音传来了。

“这是脊柱，这是胃。”

“哎呀。”

“啊，刚刚换了一个姿势，你看见了吧？”

“嗯，是个男孩……”

什么嘛。原来是在用B超查看腹中胎儿啊。太好了，太好了。

不过，我可是比宝宝爸爸更早地知道小宝宝的性别哟。当然，由于隔着窗帘，所以我不知道孕妇的长相和姓名，此刻我的心情有些莫名其妙。我躺在这里是在做胸部B超吗？这时我是不是该耍着伞尖转陶壶的技艺[①]冲到隔壁的检查台，对着准妈妈说“恭喜你，知道了小宝宝的性别”呢？

我没有那伞尖转物的技艺，因此我只能躺在检查床

① 伞尖转陶壶，指的是日本的太神乐中的一个名为《伞之曲》的节目，表演者一边转伞，一边将旋转的物品放在伞上，让伞和物品同时旋转。这一节目代表着祝福和喜悦。

上，心里默默为她祝福了。这里既有病人和前来检查的人，也有即将诞生的生命。我深切地感到，医院是一个浓缩了社会和生命百态的神奇的地方。

做完B超，我坐在外科候诊室的沙发上，等待大夫为我诊断。这时，一个两岁左右生龙活虎的小男孩和母亲一起走了进来。也许是因为医院这个陌生的地方使小男孩感到兴奋，他在候诊室的走廊里跑来跑去，穿着鞋爬到沙发上向窗外眺望。母亲拼命劝说他、追赶他，但他的动作过于敏捷，以至于都找不到空隙让他脱鞋。

我理所当然地认为母亲是患者。我想她可能是在某处受了伤，她不能将年幼的儿子放在家里不管，于是就带他来到了医院。

然而，护士事前问诊的结果令我大吃一惊。受伤的是原来那个跑来跑去的两岁小男孩。

“小○○，听说你撞头了，是吗？”

护士在询问的时候，母亲终于抓住并抱住了小男孩，并回答道：“是的。今天早上在家里，小○○的脑袋撞在了架子上。”

这小男孩，调皮是正常的……候诊室里的男女老少似乎都在竖着耳朵听护士和这位母亲的对话。

“这是常有的事。”

母亲继续说道：“今天运气不好，放在架子上的那个又大又笨重的尖型钟表受到撞击砸了下来，尖头刚好刺进了他的脑袋。”

“啊！”大家惊叫起来。声音在所有人的心中回荡。这声音既包含着震惊，还夹杂着若干担心与笑意。（我这么认为）。

“我赶紧给他止血，可怎么也止不住……我很担心，就来这里了。”

这时，男孩扭动着身体从母亲的手臂中挣脱出来，又在走廊里跑来跑去。哎呀，这位妈妈，据我这个外行的诊断，您儿子一点儿事而都没有啊……

虽说是“血流不止”，但并不是滴滴答答地流个不停那种。男孩在我座位旁边把沙发当成跳床，蹦蹦跳跳停不下来，根本看不出他伤在哪里。如此精力充沛，会是脑挫伤？我惊讶不已。

但是，需要警惕外行的一知半解。即便跟这孩子说

“你脑袋受伤了，要静养”，他也听不进去。总之，还是让专家诊断一下为好，这才是正确的判断。

护士看了看闹腾的男孩，向这位母亲问道：“他有什么反常行为？”小男孩是因为脑袋被钟表扎到才这么兴奋的吧。不如说，我真希望如此。我推测，刚才那个提问还寄托着这一丝希望。

可这位母亲略显疲惫地答道：“没有，和平时一样。”每天都要和这头精力旺盛的小怪兽斗智斗勇，养孩子实在太辛苦了。

“那么，为了以防万一，先去拍个X光片吧。之后再做诊察。”护士接着说，“X光拍片室里有很多工作人员。”也就是说，他们能制止胡闹的小孩。母亲再次费力抓住了小男孩，带他去楼上的X光拍片室。那头小怪兽能老老实实地拍X光吗？……在恢复平静的候诊室里，大家都充满了疑问。

过了一会儿，医生叫我，我进入了诊室。医生看了看B超图，并把以前拍的B超图和病历拿来比对。大夫好像是老花眼，他用放大镜看病例。

“上次增生肿块的尺寸是……嗯，写的是几毫米来着？”

“7毫米吧。”

我帮大夫看病历，等着他的诊断结果。这时，小怪兽那如同世界末日来临般的哭喊声从天花板传了下来。显然，那是刚才那个怪兽小男孩的声音。

话说回来，他现在正在拍X光片吗？不出所料，他不会老老实实拍片子的吧……

我强忍住笑。拜这位大夫所赐，在等待他做出诊断的这段时间，我心情大好。换作平时，我会心想：“太吵啦，这个小屁孩。”但现在，我感觉他那旺盛的精力格外可爱。

可是，“脑袋被钟表扎到”这种事也未免太离谱了。哈哈。啊呀，这件事挺搞笑的。

谁都不会知道自己会因何种原因、会在何时丧命。钟表扎到脑袋这种事虽然完全无法预料，但我还是希望大家尽量注意安全，有生之年活得精彩。

お友だちからお願いします

四开

×

辑看

●别给我吃的啦

最近，我预感到的事情终于成为现实。

我的体重增加了！

体重秤显示的数值深深地刺痛了我。为了转移视线、回避这一沉重的现实（的确很沉重），我不由得痛饮了两升左右的啤酒。

可以说，我这身赘肉就是这种遇事立刻借酒逃避的心态的体现。

我心想，这可不行！三天前我便痛下决心：每天一定要坚持散步30分钟。前天和昨天，我都遵守了承诺，大步流星地行走，脚下发出咯吱咯吱的声响。那速度与一个匆忙赶往医院的男人的速度相仿，他“虽想赶去陪伴即将临盆的妻子，但由于平时缺乏锻炼而跑不了多久”（总之，对待散步我是极其认真的）。

可到了第三天，也就是今天，由于手头的活儿催得紧，我根本无法踏出家门一步。我心想，这可不行！于是我决定来个脑中漫步，同时重新查找自己增重的问题所在。

一、决心做的事情连三天都坚持不了。

二、食量超过运动量。

第一点再次凸显我意志的薄弱。我要进行深刻的反思，培养自己不沉迷于酒精并且规律生活的态度。

问题出在第二点。我喜欢吃。不一定非要吃“美食”。只要是能吃的东西，不管什么，我都会吃得津津有味。由于我不忌口，所以端上来的食物我基本都能全部吃光。

还有一点，就是常常有人请我吃饭。我以前就隐约察觉到了这一点。请客之人并非出于对我有意而约饭：“要不一起去吃顿饭吧？”他们请客的理由主要有“我发现了一家好吃的餐馆”“你吃得那么香，看得我都饿了”等。原来，我不是“秀色可餐”，而是“滑稽可餐”啊。

我回忆起来了。小时候，有一次奶奶端详着我的脸，说道：“哎呀！这孩子，嘴角有痣，吃饭不愁啊！”

我不清楚奶奶“黑痣占卜法”的依据何在，但感觉不太靠谱。吃饭不愁倒是一件值得庆幸的事。我每天都会感恩食物充足，并且踏实工作，以保吃食无忧。此外，“我命中自带请客的贵人（而且我还能大快朵颐、吃个精光）”。正是由于无法完全摆脱这一宿命，所以我发福了！

以前我养过兔子。当我需要出门两天时，我会给兔子留下一整棵卷心菜，并对它说：“你听好了，我这两天不在家，这棵卷心菜你可要省着点儿吃啊。”

可是，临出门时我瞅了一眼兔窝，发现那棵卷心菜不见了！而那兔子的神情像是在说：“我吃撑啦！”

有多少吃多少，真是一点儿计划都没有。我以前还觉得兔子这种动物很没头脑，可现在，我也做着同样的事儿。难道是我饲养的那只兔子的亡灵附体到我的食欲控制中枢上了？

因此，我决心以后再也不风卷残云般地吃喝了。与其说这是意志力的问题，不如说是贪吃的问题。

人活着，头发总要长长的

前几天，我瞅了一眼父亲工作的房间，发现他正在打印一张彩色图片。父亲觉察到我走进了他的房间，慌忙把那张纸倒扣在桌上。

我满腹狐疑地径直走过去，翻开纸一看，竟然是一张帅气大叔的照片。这是一位“略带痞气”的中年美男子，年龄在51到55岁之间，短发中掺杂了些许白发。他面朝前方，满脸笑容。

这时，我的脑海中闪出各种疑问。

“……这人是谁啊？”我压低嗓门问道。

父亲一脸慌张地答道：“我，我不认识。”

接着，他又补充道：“哎呀，你妈生气啦。她跟我说：‘赶紧去理个发吧，你现在这样子，看着就糟心。这马上就到夏天了。’所以我就去吧。可我不知道理什么发型好，就上网查了一下。”

被孩子他妈训斥后才去理发，还以为自己是初中生啊。真是个不中用的老爸。我虽然这么想，但还是认同了父亲的解释。这个“略带痞气”的陌生男人竟然是位发型模特，原来如此，确实挺帅。

“情况我是了解了。可您照着这张照片理发行吗？因为这人脸部轮廓分明，相貌英俊，而您的脸平平的，长得也不够帅啊。”

“我知道自己长啥样儿。”

父亲（早就到了穿红马甲的年纪）[①]像个初中生似的，脸上浮现出害羞的表情。他认真地把打印纸折叠起来。

我决定不再提及此事。

几天后，父亲来我这里了。

“紫苑啊，快看！”

父亲猛地推开了门。我吓了一跳，回头一看，只见头发理短之后的父亲正得意扬扬地站在那里。

“怎么了？您理发了？”

“我去理发店理的。我还给理发师看了这张照

① 日本的老年人在庆祝六十大寿时会穿红马甲。

片呢。”

父亲说着，把照片从包里拿了出来。当然还是那张打印的“略带痞气”的中年美男子照片。他竟然还留着。

但是，如果说那位“略带痞气”的男士看起来像足球运动员贝克汉姆的话，那么理发后的父亲就像个日本兵（而且还是那种很胖并且战斗力为零的人）。我默默地把那个“略带痞气”的男士的照片和眼前的父亲做比较。这时，父亲说道：“那位年轻理发师说了，‘要想让从头顶到后脑勺的头发全都直挺挺地立起来，要像照片上那样的话，就必须每天早上用发胶哦。因为这种是改良版莫利干发型’。可这种时髦我又赶不了，所以我就让他全部剪短了。”

我注意到父亲说的一个词（莫利干？是什么……？），便又默默地思考起来。父亲像是有所察觉，改口道：“不对，好像是‘改良版莫尼干发型’吧。”

父亲这外文该有多差呀。连我都不由得表示同情。我告诉他：“嗯。也许是‘改良版莫西干发型’[①]吧。”

---

① 改良后的鸡冠头发型，中间留长，周围剪短。

“对对，就是这个！”

父亲把自己的口误轻松地搪塞了过去，然后充满期待地追问道：“怎么样，这个发型还适合我吧？”因为我信奉“越表扬越进步”的理念，所以我评价道：“嗯嗯，挺适合的！（虽然像个无出头之日的日本兵。）”

也许是理完发后心情也轻松许多的缘故，并且这样也算是做好了入夏准备，估计母亲就不会再感到厌烦了。因此，父亲现在心花怒放。而我心想，会是这样吗？

我还有一个发现：如果从后脖颈往后脑勺倒着撸一下父亲的短发，那手感，就像是在抚摸柴犬。

“这么摸好舒服啊，老爸！”

“热……摩擦生热，别摸啦。”

过了一周，我又见到了父亲，于是鼓起勇气倒着撸了一下他的头发，却发现已经没有撸柴犬时的手感。好失望。

“人活着，头发总要长长的嘛。”

父亲语气平和地说。

生命自然生长，这确实是一件令人高兴的事儿。可是，照这速度长的话，短发真能维持到夏天真正到来之时吗？对此我很是担心。

●活到90岁，多少会看开些了吧

我祖母快90岁了，身体却很硬朗，还过着独居生活。

祖母居住在一栋公寓的三层，那里没有电梯。我偶尔会打电话问候她："奶奶，您最近怎么样？身体还好吧？"祖母回答道："也不怎么样啊！爬楼时感觉有点儿上气不接下气了。"

要是一口气爬楼梯爬到公寓三层，即使是健康的年轻人也会气喘吁吁吧。祖母究竟是如何界定"健康"这一概念的呢？无法轻松登顶富士山，就不算"健康"吗？祖母的话体现出90岁老人的能量和气魄。

为了解祖母的状况，母亲时常前往祖母住的公寓探望。几天前，母亲在那里犯了个大错。

母亲一个人出门，买完东西后回到了祖母的公寓。她把钥匙插入玄关的锁孔，却转不动。"哎呀，怎么回事？”她拉了一下门把手，大门就这么打开了。她进了门，心里还在想：“妈妈也真是的，连门都不锁，这可不行啊。”在换鞋的地方，摆放着一双儿童鞋，出门买东西时可没有这双鞋。

这时，本该察觉到有不对劲之处的。可母亲却认为：“啊呀，这是某某（亲戚）家的孩子来看望奶奶了吧。”因此，她自己也脱下鞋，一边说“我回来了”，一边来到过道。

她在门口不经意地瞅了一眼客厅，才发现里面摆放的家具和祖母家的完全不同。至此，她才终于意识到自己是“进错家门了！”她一下子慌了神。要是这家住户发现了的话，肯定会大喊“抓贼啊”。母亲赶忙从过道折返，以平生最快的速度猛冲到玄关，再奔向外楼道。

母亲误入的这间公寓在二层，刚好位于祖母家正下方。母亲把它错当成祖母家，结果就私闯民宅了。母亲气喘吁吁地走到三层，准确无误地回到祖母家。她向祖母讲述了事情的原委。据说祖母气定神闲地回应：“哎呀，还有这种事啊。”

听了这件事情后，我想到了以下三点。

一、祖母的回应仅仅是“哎呀，还有这种事啊”。人活到90岁，多少会看开些了吧。

二、母亲刚爬了两层楼就已经感到疲累，因此误以为“已经到了三层”。而祖母爬到三层时还只是觉得“有点儿上气不接下气”。还是祖母厉害，都90高龄了，身体也太硬朗了吧。

三、虽说房子布局完全相同，但是开门瞬间所感受到的气息、眼前的儿童鞋等，这些证据都在明确地提示“此非吾宅”。尽管如此，母亲却从一开始就对“这里是祖母家”这一点坚信不疑，因此在大脑处理信息时全部无视这些证据，或是按照自己的方式来解释。人的认知能力真是靠不住啊！

母亲私闯了民宅，却还愤愤不平地说：“楼下那家人也太不小心了！我不清楚他们是否在家，还是在午睡，但我觉得应该锁好门吧！”我强忍住笑，心想：“这简直就是‘倒打一耙’啊。”

●在适当的地方告一段落

真正有趣的话题并不多。尽管我很清楚这一点，但仍会感到焦虑。在某个场合，只要沉默的气氛持续数秒，我就会急躁起来："哎呀，该说些什么好呢？"于是我翻开存储在脑子里的话题本。可那小本本基本是空白，只有寥寥数笔："前几天在电车里听到女大学生在聊天，其中一位问：'保坂尚希是谁？'感觉自己真是老了。"这种"无聊至极"的事情还记到话题本上，谁写的？是我自己。焦躁与失望杂糅到一起，快要升级为愤怒了。

我想，这种时候，如果是多人（三人以上）一起聊天，那么就不必绞尽脑汁、没话找话了。只要沉默不语保持微笑，总会有人（包括我自己）想起来："啊，我就是想说这个事儿来着。"如果沉默的时间超过五分钟，那么就意味着话题已经全部说完，聚会也该结束了。

重要的是营造现场气氛。无论搞笑艺人实力有多强，要让“面对举报大规模偷税事件时精神紧绷的国税局人员”开怀大笑，恐怕非常困难。找不到话题时就“沉默不语保持微笑”；对方开始聊天时就“恰到好处地随声附和”。我觉得，只要注意这两点，聊天就可以愉快地进行下去。

总之，最重要的是要表达态度，如“愿闻其详”“我对您讲的内容非常感兴趣”。还有一点，就是要记住对方言谈中你觉得有趣的事情。下次见面时再次提及，这样对方就会觉得：“我上次说的话，他都认真听了。好，我还有更有趣的话题呢。”这样，对方又会兴致勃勃地抛出话题和你聊了。

人少（一对一）时，恐怕就更需要积极主动了。和初次见面的人聊天，最能聊得起劲的话题就是“工作”了。工作种类繁多，甚至让人惊叹不已：“这世上居然还有这么多种工作啊。”而且工作的内容和辛苦程度也是因人而异。带着好奇心询问的话，对方敞开心扉的概率就会很高。其次是“兴趣”这个话题了。最后就是“孩子”的话题。不是围绕孩子来聊，而是要不动声色地聊到周边的信息，如“在幼儿园、托儿所遇到的其他孩子的监护人的事情”“有趣的节日活动”等。之所以长时间听孩子父母的那些糊涂事，是因为听者负担太重。

不过，一对一聊天时，即便聊得不够起劲，也不必感到自责和丧气。聊天最终还是要讲究缘分。常有人说：“他人挺好，可我感觉就是聊不到一块儿去。”此外，聊得太投机也是个问题。

快到截稿日期时，我接到了某出版社编辑H（妙龄女性·未婚）打来的电话。她问我：“稿子进度如何？”可是，聊着聊着，就聊到编辑H“幻想新婚生活”这一话题上了。

幻想即虚构。也就是说，H女士为了那个并不存在的丈夫，在独居的房间里，手脚麻利地叠衣服做饭（拿出叠好的衣服穿在身上、把做好的饭吃掉的，自然是H本人）。

H女士说：“当我对自己说‘你刚结婚啊’，我就会认认真真做家务了。”

我不由得冲她大喊：“干脆，咱们把这种虚构做到极致吧！”

于是我们接二连三地详细虚构出“幻想产子”“幻想倦怠期”等等。最后我们还琢磨出这样一个场景：八个“幻想孙子”绕膝而坐，我们从“幻想养老金”中勉强凑出钱来，发给他们“幻想压岁钱”。聊到这里，我才发现已经聊了一个半钟头。明明马上就要截稿了！“为了‘幻想孙子’，没办法啊。从明天起要过一段‘幻想节俭生活’了，吃菜就只吃咸梅干”等，现在可不是悠然闲聊这些的时候。

“在适当的地方告一段落”，这一点在聊天时也很重要。

●祖母与我的二人世界

最近，我说话声音变大了。

因为某种原因， 90岁高龄的祖母过来和我一同生活了。大部分事情祖母都能自理，就是稍微有点耳背。“差不多该吃饭了吧？”要想这样询问她的意愿，就必须大声喊才行，就像是在家门口大声邀约与我家间隔了好几家住户的那位邻居。我的声带因此得到了锻炼。

我已经与“淑女应控制好音量并彬彬有礼地对话”这一法则渐行渐远了。对此，我感到痛心，但我与祖母的二人世界充满了乐趣。

前几天，谈到我堂亲家的孩子（对祖母来说就是曾孙）时，我俩讨论起“小孩子什么时候开始站立行走”这个问题来。由于我没有接触过小孩，所以，别说他们何时走路，就连他们何时长牙、何时会爬这种问题，我都根本摸不着头脑。

我问祖母："小孩是一岁左右开始会走吗？"

祖母回答："人和人不一样的，但一岁就会走的话算是早的。"

她接着说："有这么一句老话，就是'要让走路走得早的孩子背年糕'。"

我问道："啊，是因为值得庆贺，所以要背年糕吗？"

"不是的，据说是为了让他站不起来，要用年糕作为负重让孩子背着。"

龟·仙·人！（龟仙人是《龙珠》〔鸟山明·集英社〕中的人物。他为修行而背负了非常沉重的龟壳。）

我继续问道："那……'让走得早的小孩子背年糕'，这是一句比喻？还是真让小孩子背啊？"

祖母回答："因为大部分家庭都和老人一起居住的缘故。有的老人迷信'早走路对孩子不好'，真有父母听从老人言，让自己孩子背年糕哦。"

原来，古人一想到有趣的事儿，就会积极地付诸行动呀……可是，好容易快要直立行走了，却被人用年糕来阻挠，这对小孩子来说真屈辱啊！

祖母告诉我一些以前从未听说过的风俗习惯（迷信？），令我很受启发。而祖母的语言风格也相当有趣。她给自己的胸部取名为“蔫蔫女士”。

蔫蔫女士！

的确，随着年龄的增长，胸部会下垂得非常厉害、干瘪萎缩……“你帮我把蔫蔫女士托起来吧。”祖母在浴室里对我这么说的时候，我觉得太好笑了，不由得笑趴在瓷砖地面上。

帮助祖母恭恭敬敬地托起“蔫蔫女士”并清洗腹部，这是我的重要职责。虽然我和祖母在价值观上有很大差异（例如，对男人的出轨会容忍到何种程度等等），但为了和祖母聊天，我想再多多锻炼一下自己的音量。

●夏日的回忆

别人送给我一些桃子。水果当中，我最喜欢吃桃子了。可尽管如此，这次“别人送的桃子”却有着不同寻常的美味，每次吃的时候，我都会情不自禁地仰天长啸：“太好吃啦！”

总之，这些桃子又大又白。在这些白色当中，夹杂着几处淡粉色，像是用刷子刷过后泛起的红晕。桃子又可爱又漂亮，令人产生联想：“所谓的‘蜜桃臀’，说的就是这种吧。”这样的外观，就连我这个对自己和别人的臀部不太关注的人，看一眼就会感到兴奋。（我的兴奋点并不在于“像臀部一样的外形”，而是在于“我爱吃的桃子”。）

我慢慢剥去桃皮。虽然可以直接用手剥，但果皮紧实，必须一开始先用菜刀划出印来。果肉接触空气之后，转眼间雪白变成了淡淡的糖稀色。我为那消失的雪白感到惋惜，同时我也知道这种变色正表明果肉鲜嫩、口感细腻。

我用菜刀将果肉切成大块，尽量避开桃核的部分。质感绵密的果肉，点点滴落的果汁。桃核周围呈红色，如同充血一般。果肉的白与桃核周围的红所形成的鲜明对照，使我眼里、心里唯有明艳。我没想到桃子竟然会如此美丽，不禁对桃树（以及桃农）心生敬畏之情。

毋庸赘言，这“别人送的桃子”含在嘴里，甘甜多汁。品尝美味桃子时产生的幸福感就如同这辈子最优质的睡眠所带来的愉悦感。

以前我也曾经体会过这种幸福。通过搜索记忆，我想起来，那是在祖父家吃桃子的时候。

小时候，我去乡下的祖父母家玩。也是在夏天。祖父下狠心买了一箱桃子等我去吃。桃子一般是不可以这样随意任性地吃的。但那时，祖父却对我说：“你不是喜欢吃桃子嘛，那就多吃点吧。”那时我还是个孩子，无所顾忌地吃了很多。“桃子居然可以整个儿地啃啊……而且不光是今天，明天、后天都可以吃的！”一想到这些，我就特别开心。

现在想来，与“别人送的桃子”相比，当时我吃的只是普通的小桃子。可是，那年夏天桃子的美味，以及吃桃时产生的幸福感并不亚于这“别人送的桃子”。桃子的美味令我开心不已，同时，祖父母特意为我准备桃子的这份心意也使年幼的我满心欢喜。

“别人送的桃子”同样能够令我感受到对方的一片心意。正因为如此，我才会觉得更加味美香甜。对我而言，桃子是一种特别的水果。隐藏在其美观外表下的，是如同天堂果品般的甘甜。我觉得，与其说桃子的形状像臀部，不如说它更可能象征着充满爱意的心灵。

吃素面的讲究

素面[①]这东西，真是一种魔性食品。不管量有多大，都能滑进胃里。

素面确实好吃，但它也让人颇为犯愁。首先是为“吃什么蘸料”而发愁。我喜欢那种加了油炸豆腐、香菇、茄子等好多配料的蘸料。当然，我还会放一些紫苏、冬葱、蘘荷之类的作料。可也有人说：“配料什么的别放蘸料里。否则蘸料就不清爽了。”这就令我感到无所适从。

其次是为“素面煮好后用什么器物来盛”而犯难。我会把面盛到小笼屉上，用流水冲洗，控水后连同笼屉一起端上餐桌。然后，从笼屉上取面享用。或许有人会想：“这么吃，面会坨掉的吧？”可素面毕竟是魔性食

① 日本的挂面。与中国挂面的不同点在于日本主要在秋天到来年春天这段时间加工挂面。

品。不等它发坨，我早已大快朵颐吃个精光了，所以不必担心。

另一方面，好像也有用大碗来盛面的做法。有人会在盛有冰水的碗里轻轻放上素面。也有人会把面盛到碗里之后再撒上些冰块。我是在写小说时了解到这些情况的。

我把“出场人物从笼屉取面享用”这一场景写在小说里（我一直以为大家都这么吃，所以就这么写了）。结果，编辑联系我说：“我家是把面浸泡在水里再端上餐桌的。”好别致的吃法！惊讶之余，我让他在编辑部做了个小调查，意外发现了多种流派。有“撒冰派”，也有“家用素面水流装置派”，等等。

流派各执一词，很难统一。因此我笔下的人物最终还是选择从笼屉取面享用。

与此类似的，还有烩年糕[1]。我听人说过 “关西地区是直接将圆年糕放进锅里煮，不用烤。而关东地区则是把烤好的方年糕放到盛杂烩的碗里”。因此，当小说

① 烩年糕，又称年糕汤，是指在放入肉、菜等的汤内再加入年糕。日本正月菜肴的一种。

背景是大阪时，我就会写“年糕不用烤直接放锅里煮”。

于是乎，编辑又联系我说：“我对编辑部的关西人做了调查，发现他们的说法也各式各样。有人说‘我会把当次要吃的杂烩先盛到小锅里，再放入年糕’。也有人说‘我是把一顿要吃的年糕放到大锅的杂烩里煮’。还有人说‘我爱吃烤过的圆年糕，所以会把年糕烤好后再放到锅里煮’。顺便说一下，我老爸（地道东京人）呀，他每次都把烤过的方年糕扔锅里煮，煮到烂得都不成形了，结果就被我妈说。”听到这些，我当即回应，那我该怎么写？

各位，你们随性的私家吃法过于丰富啦。虽然我也觉得：正因为如此，才形成了饮食文化的多样性，但在写小说时，我可顾不了那么多。于是我就想，干脆不谈细节，只写“吃素面”“吃烩年糕”好了。

一场输即是赢的比赛

某年某月某日，为赢得“保龄球最弱球王争霸赛”，某保龄球球馆里集结了某些勇士（其实是5位）。一句话用了这么多“某”字，实在抱歉。

为何要竞争保龄球最弱球王？说起来，这最初发端于几个成年人孩子般的意气用事。在一次聚餐中，席间聊到保龄球时，大家纷纷自嘲惨不忍睹的球技。有人说：“我有生以来只打过一次保龄球。”也有人说：“我从来没全中过。”还有人说：“我的最好成绩是20多分。”互相比“惨”的结果，就是搞得大家都下不来台了。

大家决定举办“保龄球最弱球王争霸赛”。聚餐之后，大家回去各自进行意象训练[①]。经过一个月左右的

---

① 意象训练（imagery training）指的是运动员在脑海中回忆、再现过去的正确动作，以促使运动员牢记正确动作的要领、集中精力、稳定心理。

充分准备，这场史上罕见的低水平比赛终于拉开帷幕。结果，我轻而易举地获得了“最弱球王”这一称号。顺带一提，当时的分数为59分。甭说全中了，我甚至都没补中过。

如果非要找出比赛的“优点”，那就是：由于这是“最弱球王争霸赛”，因此大家从全力以赴的压力中解放出来轻松参赛。大家甚至还发明了各种技巧，有“企鹅佯攻法”（这种战术是：匆匆小跑至起投线，快投球时，急停下来，使助跑失去意义），也有“球速重视法”等。

当然，勇士们态度极为认真，目标都是第一球全部击倒球瓶。人的心理真是神奇，尽管这是一场“输即是赢”的比赛，但随着对比赛的逐渐投入，大家还是想要打出高分来。

听说最近运动会等比赛也不分名次了，我感觉这样做会扼杀人永不服输的气概与上进心。夸张点讲，就是这种制度违背了人的本能。因此，我才会想到干脆比“最弱”得了。

周围的人都很认真地赞美并祝福那些荣获“赛跑最

弱王”“业绩最弱王”称号的人。作为最弱王，是相当懊恼的，同时也会暗下决心：下次起码争当“倒数第二”。对于那些毫无实力和意志力来争取“最强”的人而言，“尽量不当最弱王”是最佳目标，这样不会有太大压力，也不会显得太自甘堕落。

结束热火朝天的比赛之后，第一代保龄球“最弱球王”与四名“臣子”在居酒屋办了个“庆功宴”。臣子们纷纷奉承道：“不愧是最弱球王。实力超群。”受到恭维的我心想：“没想到，这王位坐着感觉还不坏。”我品味着复杂的心情，把胜利的美酒（啤酒）一饮而尽。

文库追记：争霸最弱王的选手们因日常杂事缠身，至今都没能举办新一届争霸赛。只是在脑海中默默地勤加练习。这种“零执行力”也是最弱的。

可是，究竟什么项目能让我们登上“最强”的宝座呢？也就是说，我们的优势项目是什么呢？如此想来，我发现，不管在什么领域，得“第一”都很难的。我以前既没有得过第一，也没想过要挑战那些能够明确排序的领域，所以我一下子还想不出来……那些挑战拼速度的比赛项目（例如百米赛跑，F1方程式赛车）的人，与我这种心思慵懒无所事事的人有明显不同。在日常生活中，他们的意志更加坚定。我要向他们学习。

虽然我想向他们学习，培养自己坚定的意志，但那道餐前卷心菜，我快要吃腻了。这可如何是好……

●深夜高歌，唱的是寂寞

以前，我看过苏联（当时）导演康涅夫斯基的电影，并为电影里的人物常常放声歌唱而深深感动。这部电影并不是音乐电影。走在大街上，走在荒凉的地方时，电影里的人物都会即兴自由歌唱。听了之后，我心想："唱歌可以保暖，这是严寒地区特有的生活智慧吧。"

我家后门临街，门前马路较为宽阔，但一到夜晚，路上几乎没有人和车辆经过。

半夜里，常常从这条路上传来高亢的歌声。有人在愉快地大声歌唱。用"引吭高歌"一词来形容可谓恰如其分。声音听起来并不像是同一人的。进一步说，唱歌的人当中，95%是比较年轻的男人（顶多30岁）。

看来，晚上来到没有人影的路上，人就立刻变得情绪激昂（或者说是胆量变大），情不自禁地想要唱歌。

也许是结束了一天的工作后出去干了几杯酒的缘故，回来路上，心情就彻底放松了。

可我家不在俄罗斯，是在东京啊。这里并不特别寒冷。尽管如此，不仅冬天，夏天也能听得到歌声。我是15年前看的那部电影，15年后的现在，我的认识发生了改变：看来，唱歌与气温无关，来到没人的空旷地区，人（尤其是男士）都会放声歌唱的。

问题在于，飘过我家屋后的歌声，无论哪一首，都走调得厉害。我好容易从他们洪亮的歌声中猜出他们是在唱EXILE[①]的热门歌曲。可那歌声听起来却像是跑调的昭和歌谣与毫无节奏感的嘻哈音乐糅在一起，像和尚念经，完全没有乐感。

前几天，我父亲来我这里时，歌声又从窗外飘过。

“这些晚上路过的人，不知为啥总要唱歌，真是的。”

听到我的牢骚话，父亲却说：“他们唱的是寂寞。”

父亲平时不会主动想到别人，是那种除非催促，否

① 放浪兄弟，是日本一个男团组合，成员有19人。

则绝对不会主动更换厕纸的人。可他的这个回答却出乎意料地用了一句文学性表达，着实令我惊讶。

但是，这句话却点醒了我。无论是在康涅夫斯基的电影里，还是在那些深夜走在空无一人的路上的人的心中，的确潜藏着深深的寂寞。

就算走调也没太大关系。寂寞的时候就引吭高歌吧，直到将这孤独融入遥远的夜空。歌者以为马路上空无一人，就放声高歌。而在家熬夜的人可能会忍住笑，心想："伪EXILE又路过这里了。"但歌者其实不必在意这些。

文库追记：在写这篇散文的时候，我其实并不太了解EXILE这个组合。由于我家长期没有电视，所以不只是EXILE，当红的明星我都不了解。

可现在不一样了。二〇一七年看了《热血街区》电影后，我完全迷上了EXILE组合，甚至这个人数众多的组合中每一位明星的长相和名字，我都能对上……实话实说。岂止这些，我还常常去听EXILE组合的演唱会！起初，我对它了解得太少，常问别人："啊，这个组合里的各个小组有多名主唱吗？哪些人是主唱？”而现在，我有了非常明显的进步。我感觉生活变得有意义了，非常开心。又不在工作状态了。哎，还是工作吧。

所以，我越来越能理解那些深夜引吭高歌的人的心情了。虽然理解，但自己是否也会想放声高歌呢……我唱不了！最近的歌都太难唱了！我觉得，敢于引吭高歌的人都是挑战者。年轻人正风华正茂。啊！多么美好！

●健忘也是件好事呢

最近，我总是无法顺利说出一些词句来。明明脑子里面已经浮现出正确答案，可一张嘴就说错。

“你看，就在那边儿。有观光车直通，情侣们约会经常去的那地方，叫……不是‘百货商店’、不是‘博览会’，嗯……是‘游乐园’！”

年纪大了就会健忘。像我这种情况算是其中的一种吧。想到这儿，我不由得打了个冷战。

干脆，“以后对自己不利的话，就全都说错”好了。

“临近年末，街上装饰着各式彩灯。就在前几天，一个身穿红色衣服，留着白胡须的人在商店前面向过路人推销：‘欢迎进店品尝美味蛋糕！’小孩子们也充满期待地对妈妈说：‘妈妈，今晚，穿着红衣服留着白胡子的那个人也会来我们家吧？’真是令人兴奋的节日呢。那个叫……叫‘下蛋节’！”

就这样，上述那个让恋人们兴致勃勃的节日名称，我怎么也说不出口。下蛋节蛋糕、下蛋节礼物、白色下蛋节。

噢，感觉还不错嘛。仅仅把上面那个节日的名字错说成“下蛋节”，心情还能这么平静。

人有的时候主动出击也很重要。不是要防止健忘，而是要积极勇敢地忘记。就这样，我下定决心后，便把那些对我不利的话不断从脑海中删除了。

这样一来，每当听到“结婚”或“交往”这类词的时候，思维就会自然而然地飘走，如入无我之境！

“jiehun”？“jiaowang”？这些是什么？我脑子里根本就没有这些词，所以不太明白。不，就连这样的自己都不复存在，达到真正意义上的“空”。所谓的“觉悟”是指就连“悟到”这种自我意识都消失的状态。或者说是与之相近，是如同高僧般的境界。

幸亏有这样的境界，在面对90多岁高龄的祖母的说教时，我的内心也依然平静。“你到底啥时候结婚啊？你老不结婚，我也不能安心闭眼啊。”听了这些，我便以从容的态度反驳道："没事儿，我这是在孝顺祖母您呢。我一直不结婚，祖母您起码要活到130岁啊！"

于是我不断反复灌输，希望把"结婚"这个词从祖母脑海中删掉。尽管她老人家已经90多岁了，却依旧心情爽朗。

奶奶，健忘也是件好事呢。

追记：最近我在其他事情上也健忘。例如，本来是骑车去的车站，结果回来时我却从车站走了回来。但是我回想一下，我感觉自己好像是十几岁开始就这么傻乎乎的。后来，我都快把自己落在车站前了，只是躯壳迷迷糊糊地回了家。我进入了禅悟式自问自答的状态。

文库追记：最近，我的健忘又达到了新境界：我连"忘记什么了？"这种问题都忘记问了。连健忘本身都忘了，所以实际上是没有健忘。这又是禅悟式的自问自答吧！

●开朗地度过每一天吧

恐怕很多人都会遇到倒霉事。而我的倒霉事就是“偏偏在我工作繁忙的时候发福”。

按理说，连续两天都熬夜做事，就真要粉身碎骨了。可是我的身体不仅没有变成粉末，不知怎的，反而像年糕一样膨胀起来。

这可太不方便了。“您看我都累瘦了，可还是没能及时交稿……”我本想这样跟编辑解释，但我的脸比以前更圆了，实在是不可信。我脸皮比较厚，我的体质属于那种不管怎么缺觉脸都很难凹陷下去、血色还好得出奇的类型。我不仅胖得溜圆，皮肤还十分光亮。简直糟透了。

我想，有人会因压力而长胖，也有人会因压力而变瘦。前者很难让周围人理解自己的苦衷，实在太亏。

我把这件事情跟朋友说了，结果朋友回答道：“我也有倒霉事哟。”

她继续说道：“有一次，我在小田急线[1]的站台等慢车[2]。在对面反方向驶过两辆电车之后，我所在的站台也终于来了一辆车。可是，每次在JR[3]御茶水站，我到达站台的同时，必定有电车驶过这个站台！”

……从电车运行间隔时间来看，这是理所当然的吧？小田急线把新宿和郊区连接起来。白天大约十分钟一趟，并且每站都停。而JR中央·总武线通过位于市中心的御茶水站，大约五分钟一趟。按理说，从在站台刚好错过电车的概率上讲，后者必然大于前者。尽管我如此解释进行反驳，可朋友却毫不退让：“不是的，我就是倒霉嘛。”

这样想来，我感觉自己“工作繁忙=发福”，也就不算倒霉了，是必然的结果。如果醒着的时间很长，那么相应地吃东西的次数也会增多。“为了消除困意”，半夜里吃点心、拉面，而且还一直坐在桌前基本不动，

① 连接日本东京都和神奈川县的一条电车线路。沿线有新宿、箱根、镰仓等旅游景点。

② 日文原文为：各駅停車，指的是每站都停的车。

③ JR是日本铁路公司（Japan Railways）的英文缩写。

所以不胖才怪。如果这样都能瘦的话，那就是违反地球物理法则的奇迹了。

倒霉事多半“作为概率或行为的结果，实属必然”吧。此外，人的心理真是不可思议，它还倾向于“只记住不好的事情”。因为想要“争取下次不再发生这样的事情”，便硬是把不好的事情与某种原因（类似于原因的因素）联系起来记忆。看来，倒霉事也有“认死理儿”的一面。

如果是这样，那么被倒霉事所愚弄就太愚蠢啊。发福的时候就发福！电车不来的时候就不会来！好想以开朗大度（突然改变态度了？）的心态来度过每一天啊。

要么，我现在烧水煮点儿拉面？

文库追记：为了减肥，我饭前要吃满满一盘卷心菜，已经坚持两星期。结果体重反而增加了两公斤。我吃的卷心菜的量也算到体重里了……这也许是来自我曾饲养过的那只兔子的诅咒吧。

●雪兔花瓶

好友小安（化名）来我家玩时，时常会费心带点小礼物。

小安的礼物大多十分有趣，让人一看就不由得发笑。她会送我逼真到有些可怕的兔子摆设（像福岛红牛玩具那样，脑袋可以咣当晃动），也会带来印着以前少女漫画人物的茶杯。

有一次，她带来一个雪白的圆形花瓶。这在小安送我的礼物中很是少见，也没有那么多引人发笑的点。不过，流畅的造型可爱得难以形容，光滑的手感也十分别致。我给它起名叫“雪兔”，爱不释手。

花瓶小巧玲珑、造型平稳，是住小公寓的我的最爱。我把“雪兔”摆在厨房窗边，每次插上花枝，都要驻足欣赏一番。插上一枝结有红色小果的草珊瑚，或是一朵淡粉色的非洲菊，雅趣油然而生。好一只漂亮富态的白兔，模样可爱，令人欢喜，每每看到，身体都不由得为之一震。

虽然我的房间也会脏乱不堪，但只要聚精会神地看着“雪兔”，心情就会非常平和。我心想：“只要有‘雪兔’在，对这间房子的好感就会有所提升啊。至于打扫卫生嘛，以后再说吧。”结果房间就脏乱到了非打扫不可的地步。“雪兔”圆润的身形与质感具有一种魔力，能让人把目光从现实中抽离出来。好一只“罪恶”的花瓶。

乍一看，小安送我的这些礼物毫无整体性。不论是令人害怕的摆设，还是印有漫画人物的茶杯，都在房间各处肆意凸显着存在感。可一看到“雪兔”，我就明白了小安挑选礼物的“标准”。

虽然存在感十足，但这些礼物绝对不会碍手碍脚。这些都体现出制作者所主张的那种“适度”的审美和幽默感，令人不由得心生笑意。

事物是可以反映人的内心世界的。

每当望着窗边的“雪兔”时，我的心情总会舒畅起来。毋庸置疑，这不仅是因为“雪兔”造型优美柔和，也是因为我感受到选它作为礼物的小安对我的体贴入微。

● "我养你啊"

我在做自由职业者写小说的时候，有一段时间书根本卖不出去，从早忙到晚也没有奖金，我都感到有些穷途末路了。虽然在打工的地方我的人际关系不错，我做得很开心，可我没有正规的工作履历，又没结婚，年老后会独自死去。真是有点儿寂寞啊。

好像人在消极的时候，就会忘记每天都要脚踏实地生活这一基本原则，直接担心起自己的晚年生活来。

"这样下去可怎么办？最近我常常感到不安。"

我不由得向一位从中学开始交往的好朋友诉起苦来。没想到，她很爽快地说：

"没关系啦。万一你孤独终老，我养你好啦！"

靠……靠谱！顺带一提，我初中和高中上的都是女子学校，所以我的朋友自然都是女性。男性从来没有对我说过"我养你一辈子"。即便有一亿分之一的可能性，就算有人对我这么说，我也会心想："说什么呢。瞧把你嘚瑟的。免谈。"

可当时，我那朋友的话里并没有丝毫骄傲和显摆的意思（朋友的工作非常不错，确实有能力养活别人）。朋友只是发自内心地关心我，她或许认为："自己的朋友正在专心致志做事，就算结果不太理想，朋友之间互帮互助也是应该的。"

朋友的话使我特别安心。打那以后，在痛苦和迷茫时，不知怎的，她的这句话总会浮现在眼前。"不行的话，就让她来养我吧。"我并不会这么想。我朋友非常了解我，知道我在以自己的方式认真努力工作。这一点本身就是对我的鼓励和支撑。

很早之前，朋友就开始以无情又严厉的口吻毫不留情地指出我的种种不是。似乎是因为我毛病太多，她实在是看不下去了。

回想上大学的时候，我觉得有资格证的话，也许会增加一些就业机会，于是我报名上了教师培训课程。结果却被朋友的一句"不要摇摆不定！"而喝止。

"你根本不适合当老师，最重要的是，首先你说过想要拍电影才上的大学，对吧。那样的话，你就别上那些无关的课程了！”

的确如此，我如梦初醒。我逃了许多教师培训课，专心去漫画茶馆看喜欢的漫画。遗憾的是我根本不适合拍电影，唯独漫画，我看了很多。而这一经历对我现在的工作也有一定的帮助。

朋友总是比我自己更能看透我想做什么，她手执爱的皮鞭，严爱相济地守护着我。

●随心所欲地活着

几天前，年过九旬的祖母去世了。

为了能让祖母长寿，我一直不结婚，可祖母还是没能活到130岁……事实上，不是我不结婚，我只是结不了婚，我觉得这一事实会影响祖母健康长寿。但转念一想，哎呀，祖母的孙辈和曾孙辈众多，所以，对于我未婚这点儿小事儿，还是睁一只眼闭一只眼算了吧。

准确地说，祖母的孙辈里面没结婚的，不只是我，我弟弟也是。不管是父母哪一方的，在众多的堂亲表亲中，只有弟弟和我是未婚。这样一来，大家就会觉得结不了婚就不是我（或者我弟弟）的原因了，可能是父母教育方式或是容貌的问题。我打算用这种方式推卸责任，度过困境。

去世的祖母在几年前曾和我一起生活过两周左右。各种回忆涌上我心头。记得有一次，我喝得酩酊大醉，本应由我来照顾祖母，可这次却是她来照顾我。祖母每天早上要花两小时护肤化妆，晚上再花两小时卸妆护肤。她劝我："你也太不在乎打扮了。"……哎，这些可不是什么好的回忆啊。

山田风太郎所著的《人间临终图卷》（德间文库）里，大量描绘了人在临死时的样子，并按照死亡年龄进行排序。看了这本书后，我发现了这样一个规律，即：死亡年龄较小的人，很多是在痛苦中死去的（是因为还有痛苦的气力吧），过了90岁的话，所谓的"寿终正寝"就增多了。

祖母正是寿终正寝。她吃过晚饭便睡下了，就这样失去了意识，不到一天就毫无痛苦地走了。

接到祖母病危的通知后，亲戚们一同赶往祖母居住的老年公寓。祖母戴着氧气罩躺在床上，而枕头旁边放着已经去世半个世纪之久的祖父的遗像。像是某位亲戚特意为祖母放置的。

"哎呀，放那张照片不太合适吧……会让人感觉是'爷爷从那个极乐世界回来接奶奶了'，这样行吗？"

"这么说也是。本来是想让爷爷来守护奶奶的，好让奶奶健康起来，结果会不会适得其反了？”人们开始交头接耳说一些不吉利的话。祖母的生命宛如风中残烛般脆弱，这一点连普通人都看得出来。悲伤的同时，屋内还飘溢着这样一种令人安心的氛围：“对奶奶而言，终老天年也许是件好事。”祖母没有让周围的人陷入无尽的伤痛之中，从这点来看，长寿是件值得庆幸的事。

祖母儿时经历了关东大地震，所以她特别害怕地震。东日本大地震后，我看望祖母的时候，还主动问她：“奶奶，前几天发生大地震的时候，您很害怕吧。没事儿吧？”

然而，祖母却从容作答：“当时我正站在床边想穿裤子，裤子刚提到腰上，突然地震了，我差点儿摔倒，太危险了。”

祖母居住的那个地区应该摇晃得挺厉害，可她却如此从容，我觉得很稀奇。

那时，我还自己说服自己，“奶奶上了年纪后，感知摇晃的能力下降了”。现在想来，或许祖母从那时起就已经明白了“顺其自然”的真谛。

在与一些老年人接触的过程中，我惊讶于他们极其质朴的语言和奔放的行为。或许，上了年纪以后，人就能从诸多情绪（恐怖、常识、束缚等）中解脱出来。如果真是这样的话，那么年纪的增长不仅对人的心理是极大的解脱，也证明了生命本来所拥有的自由，这可以称为希望吧。

我在写文章时喝了一口茶，结果不小心呛到了气管里，引发一阵咳嗽。茶从鼻子和嘴里“扑哧”一下喷了出来。在20多岁时，我喝东西基本上不会呛到，年岁增长真是太麻烦了。

祖母有四个孩子，孙辈、曾孙辈就数不过来了。从这个意义上讲，或许可以说，为预防“少子化”现象，祖母贡献了自己的绵薄之力。但我所知道的祖母的情况却是：丈夫早已先她而去，子女早已长大成人，她自己也成了“老人”。祖母独自过着平淡而漫长的“晚年生活”。她偶尔也会发挥毒舌的风格，吟诵一些俳句和短歌（吟诵得不太好），在家做做家务，和别人叙叙家常。

每次想起祖母，我总会产生这样一个疑惑：人类（或者说生物）不是为繁衍而生的吧？常常听到这样的说法：“基因本身带有优先贮存遗传信息的使命。”果真如此吗？如果是真的，那为什么过了生育年龄后，还会留有漫长的“晚年生活”呢？即便是猫狗等动物，到了性成熟期也会躁动不安。如果没有伴侣，那就叹一声“哎，没办法呀”，在没生育的情况下结束自己的成熟期，随后舒舒服服打盹儿。既没有特别不满，也没有“我得贮存遗传信息”的焦虑。

总之，我认为，每个生物都只是在随心所欲地活着。只有人类才会去寻找“贮存遗传信息”的意义。我强烈地感到，这远离了生物本身的生活真谛。如果仅仅是远离，那还好说，可现在甚至还出现了这样极端的论断：“反对贮存遗传信息——基因这一大命题的人（我认为这才是错的）没有存在的意义和作用。”这就令人感到有些恐怖了。

我希望不是这样。也许是因为我没有生育过的原因，所以才会希望如此。

祖母虽然过了生育年龄，但仍能过着平淡的生活，后来寿终正寝。我觉得，这样的祖母十分可爱。即便她不是我的祖母，并且一生也没有孩子，那我也会觉得她这辈子是值得尊敬的。如果没有生出某个看得见的东西来，那么就断定这个人的一辈子是无意义的，我可不想被这种奇怪的想法所蒙蔽。

生而后死。生物仅仅做到这一点便已足够，从“必须做些什么”的想法中解脱出来，完全自由自在地生存。正因如此，每一个生命才会显得珍贵啊。

看着祖母的遗容，我想到了这些。